目次

啊！
不！
阿部養一下！
紓緩肌膚不適感
帶來清新活力的感覺
任何肌膚適用
阿部養植物精油
任何肌膚適用
阿部養
精油護膚膏
阿部養
精油護膚膏
含茶樹／薰衣草／尤加利／薄荷／荷荷芭.....等植物精油

封面圖片 © Jacques Haillot/Sygma/Corbis
封面設計 / 陳瑀聲

Écrire

《寫作》

選摘

人在房屋裡才獨自一人。不是在屋外而是在屋內。花園裡有鳥，有貓。有一次還有一隻松鼠，一隻白鼬。我在花園裡並不孤單。但在房屋裡卻如此孤單，有時不知所措。現在我才知道在那裡已經待了十年。獨自一人。為了寫書。書使我和其他人知道我當時就是作家，和今天一樣。這是怎樣發生的？該怎麼說呢？我能說的只是諾弗勒的那種孤獨，是我自己創造的。為了我自己。只有在那座房屋裡我才獨自一人。為了寫作。但不像之前那樣寫作。為了寫一些我尚未知的書，它們永遠不由我或任何人決定。我在那裡寫了《勞兒之劫》和《副領事》。後來還有別的書。我明白我獨自一人與寫作相伴，獨自一人，遠離一切。大概長達十年，我不知道，我很少計算寫作的時間或任何時間。我計算過等待羅貝爾·昂泰爾姆和他妹妹瑪麗·路易絲的時間。後來我就不再計算了。

《勞兒之劫》和《副領事》是在我樓上的臥室裡寫成的，房間裡的藍色衣櫥可惜已經被年輕的泥水工毀了。那時我間或也在這裡，在客廳的這張桌子上寫作。

我保持著寫最初幾本書的那種孤獨。我隨身帶著這孤獨。我的寫作，我始終帶著它，不論我去哪裡。去巴黎，去特魯維爾。或者去紐約。在特魯維爾我不再耽溺於勞兒·瓦萊里·斯泰茵的瘋狂。揚·安德莉亞·斯泰奈的名字也是在特魯維爾出現的，清楚得難以忘卻。這是一年以前的事。

寫作的孤獨是這樣一種孤獨，缺了它寫作就無法進行，或者支離破碎，無以為繼。它失血，連作者也認不出它來。首先，你永遠別將作品向秘書口述，不論她多麼能幹，在這個階段也永遠別將它交給出版商審讀。

寫作的人永遠應該與周圍的人隔離。這是一種孤獨。作者的孤獨，作品的孤獨。一開始，你會納悶周圍的寂靜是怎麼回事。你在房屋裡每走一步幾乎都覺得納悶，不論在白天幾點幾分，不論光線強弱，是室外射進的光線還是室內的白天燈光。身體的這種實在的孤獨成為作品不可侵犯的孤獨。我不曾對任何人談到這點。在我孤獨的最初時期，我已經發現我必須寫作。我已經被雷蒙·格諾認可。雷蒙·格諾給我唯一的建議是這句話：「你其他事都別做了，就寫作吧。」

寫作是充滿我生活的唯一的事，它使我的生命無比喜悅。我寫作。寫作從未離開我。

我的臥室不是一張床，不論是在這裡，在巴黎，還是在特魯維爾。它是一扇窗子，一張桌子，習慣用的黑墨水，褪色的墨跡，還有一把椅子。以及某些習慣。無論我去哪裡，我在哪裡，習慣不變，甚至在我不寫作的地方，例如飯店客房，我的手提箱裡一直放著威士忌以應付失眠或突然的絕望。在那個時期，我有情人。沒有任何情人對我是少有的事。他們努力適應諾弗勒的孤獨。它的魅力有時使他們也寫書。我很少將我的書給情人看。女人不應將寫的書給情人看。我當時寫完一章就藏一章。我真是這麼做的，我不知道當你是女人而且有丈夫或情人時，有什麼別的做法或者在別處會怎麼做。同樣的情況，你也應該向情人隱瞞對丈夫的愛。我對丈夫的愛從未被取代。這一點在我生命的每一天我都知道。

這座房子是孤獨之所，但它前面有一條街，一個廣場，一個很老的水塘和村裡的學校。池塘結冰時，孩子們來溜冰，於是我無法工作。這些孩子，我隨他們去。我監視他們。凡是有孩子的女人都監視這些孩子，他們像所有的兒童一樣不聽話，玩得發瘋。而每次做母親的都多麼害怕，擔心至極。多深的愛。

你找不到孤獨，你創造它。孤獨是自己獨自創造出的。我創造了它。因為我決定應該在那裡獨自一人，獨自一人來寫書。事情就是這樣。我獨自待在這座房子裡。我將自己關閉起來——當然我也害怕。後來我愛上了這房子。它成了寫作的窩。我的書出自這座房子。也出自這種光線，出自花園。出自水塘的這種反光。我用了二十年才寫出剛才說的這些。

你可以從房屋的這一頭走到那一頭。是的。你也可以來去自便。此外還有花園。那裡有千年古樹和樹苗。有一些落葉松、蘋果樹，一株胡桃樹、一些李子樹、一株櫻桃樹。那株杏樹已經枯死。在我的臥室前有《大西洋人》中的那叢出奇的玫瑰。一棵垂柳。還有日本櫻花，鳶尾。在音樂室的一扇窗下有株茶花，是迪奧尼斯・馬斯科洛為我栽下的。

我首先為房子配備了傢俱，然後雇人粉刷。然後，也許又隔了兩年，我開始在這裡生活。我在這裡完成《勞兒之劫》，在這裡和在特魯維爾海邊寫出了結尾。獨自一人，不，我不是獨自一人，當時有一個男人在我身邊。但我們彼此不說話。我在寫作，所以必須避免談論書籍。男人們忍受不了寫書的女人。對男人來說這很殘酷。這對大家都很困難。除了羅貝爾・A。

然而在特魯維爾有海灘，大海，無邊無際的天空，無邊無際的沙地。這裡就是孤獨。在特魯維爾我極目注視大海。特魯維爾是我整個生命的孤獨。我仍然擁有這種孤獨，它在這裡，在我周圍，不會被攻破。有時我關上門，切斷電話，切斷我的聲音，再無所求。

我可以說想說的話，我永遠也不知道人為什麼寫作而怎麼又不寫了。

有時當我獨自在這裡，在諾弗勒，我會認出一些物品，例如電暖器。我記得電暖器葉片上曾經有一大塊罩板，我常常坐在上面看汽車駛過。

當我獨自在這裡時，我不彈琴。我彈得不壞，但很少彈，我認為我獨自在房子裡，身邊無人時不能彈琴。那是很難忍受的。因為那突然具有了一種意義，而在某些個人情況下只有寫作才具有意義，因為我從事寫作，我主導它。而鋼琴對我卻是永遠都無法企及的遙遠物體。我想如果我專業於彈鋼琴，我就不會寫書。但我不敢肯定。也許這話不對。我想我無論如何會寫書，即使同時彈琴。不堪卒讀，但十分完整的書。它遠離語言，就像沒有對象的戀情裡那未知的對象。就像基督或J．B．巴哈之愛——他們兩人相似得令人目眩。

孤獨也意味著：或是死亡，或是書籍。但它首先意味著酒精。意味著威士忌。至今為止，我從來不曾，的確是從來不曾，除非是很遙遠的過去……從來不曾寫書時有頭無尾。我的書不論那一本，在書作時都已經有了它存在的理由。在哪裡都是這樣。春夏秋冬都是這樣。這種熱情，我是在這裡，在伊芙琳省的這座房子裡體驗到的。我終於有間房子可以躲起來寫書。我想在這間房子裡生活。在那裡幹什麼呢？事情就這樣開始的，像是一個玩笑。我心裡想，也許我能寫書。我已經開始寫後來又放棄了，連書名也忘了。不是《副領事》。我從未放棄它，現在還常常想到它。我不再想勞兒．瓦．斯泰茵。誰都無法認識她，L．V．S．，你我都不。拉康對此說的話，我始終沒有完全明白。他把我難倒了。他說：「她永遠不應該知道筆下在寫什麼。因為那樣她會迷失方向。那樣結局會很慘。」這句話成了我的某種認同原則，某種女人似乎一向沒有的「說話權」。

（桂裕芳翻譯，《寫作》，聯經出版公司。）

Marguerite Duras

瑪格麗特・莒哈絲

瑪格麗特・莒哈絲，

二十世紀最華麗而碎裂的作家，

她的人生不但橫跨兩次大戰，成長足跡更是從越南、印度再橫渡至法國。

多樣的環境與性格讓她懂得潮濕，也懂得枯竭，

她能編能導能創作，但比起超越絕望，她更願意懂得絕望。

莒哈絲曾說，自己有兩個人生：生活的人生與述說的人生，

在兩者縫隙間，她讓我們幻視她的情人、她的劫難、她的多重身分與她的夏夜十點半。

然而所有幻視都為了痛苦的不可言說，是命定的乖覺輪迴，

「被圍捕的她試圖逃離房間，逃離床褥，卻又自動趕過來為了被捕獲，乖乖地被捕獲……」

廣島之戀
Hiroshima Mon Amour

他：妳在廣島什麼也沒有看見，一無所見。
她：我都看見了，一切，毫無遺漏。

我始終在為廣島的命運而哭泣，
始終在哭泣。

如同這種在愛情中的幻覺，這種使人永遠不會忘懷的幻覺還存在那樣，在廣島面前，我同樣也產生了我將永遠忘懷不了的幻覺。

和你一樣，我也曾經試圖竭盡全力與遺忘鬥爭。和你一樣，我忘記了一切。和你一樣，我曾渴望擁有一段難以慰藉的回憶，一種影子和碑石的回憶。

你害了我。你對我真好。

這座城市天生就適合戀愛。
你天生就適合我的身體。

有時候，應該儘量不要去想塵世給人造成的困難，要不然，這個世界就完全會變得令人窒息。

她：廣——島，這是你的名字。
他：妳的名字是內韋爾，法—國—的—內—韋—爾。

——《廣島之戀》

© John Springer Collection/ Corbis

如歌的中板
Moderato Cantabile

她需要這種酒，她需要這樣的陶醉。

不管是睡著，還是醒著，不管是不是正規穿著衣服，還是不穿，人們才不在乎您存在不存在，就管自己走過去了。

曾經有過多少女人，在這同一幢房子裡生活過，她們在夜間只聽到女貞樹嚓嚓作響，可是沒有聽到自己的心跳。女貞樹至今依然都在。這些女人，卻在她們的房間裡，一一都死去了。

——《如歌的中板》

© Sunset Boulevard/ Corbis

夏夜十點半
10:30 P.M. Summer

誰在生活中不曾遇到這種「乾脆殺了對方」的處境呢？

他們忍受著性愛的饑渴，在這個適於愛情的夏夜裡，而城裡全是人。

人們似乎能抗拒世上任何東西，除了這種累。我要睡覺了。

人總是過高地相信自己的力量。

──《夏夜十點半》

© Sunset Boulevard/ Corbis

Hiroshima Mon Amour

《廣島之戀》

選　摘

新聞紀錄片的鏡頭：示威遊行的隊伍。

她

全城上下的憤怒是針對誰呢？

各座城市的居民，不管他們同意不同意，原則上都是衝著某些國家的人欺凌別國人的不平等行徑在發怒，衝著某些人種欺壓其他人種的不平等行徑在發怒，衝著某些階級欺壓其他階級的不平等行徑在發怒。

示威群眾的遊行隊伍。

擴音喇叭發表的「無聲」演說。

她（**低聲**）

……聽我說。

和你一樣，我會遺忘的。

他

不，妳不會遺忘。

她

和你一樣，我記憶力很好，但我會遺忘一切。

他

不，妳記憶力不好。

她

和你一樣，我也曾經試圖竭盡全力與遺忘鬥爭。和你一樣，我忘記了一切。和你一樣，我曾渴望擁有一段難以慰籍的回憶，一種影子和碑石的回憶。

「被拍攝」下來的影子，映在廣島一位死難者的墓碑上。

她

為了我自己，我曾竭盡全力，每天同那種根本不再懂得為何要回憶往事的恐懼心理作鬥爭。和你一樣，我忘記了……

在一些店鋪裡擺著一百來個被炸毀的工業館的模型；工業館是僅剩的一座紀念性建築，它那被扭曲的屋架在轟炸後依然聳立著——從那以後，就這樣被保存了下來。

一爿被遺棄的店鋪。

日本遊客的遊覽客車。

遊客們，和平廣場。

穿越和平廣場的一隻貓。

她

記憶顯然是必不可少的，為什麼要否認呢？

這句話伴隨著工業館殘骸的畫面如朗誦般響起。

她

……聽我說，我還知道，這種慘劇還將重演。

二十萬人死於非命。

八萬人受傷。

這一切發生在九秒鐘內，這些數字是官方公布的，這種慘劇還將重演。

成蔭的樹木。

教堂。

馴馬場。

重建的廣島，平庸的景物。

她

地面上的溫度將高達一萬度。就像有一萬個太陽在照耀。瀝青將會燃燒。

教堂。

日本式的祈求。

她

將是一片極度的混亂。整個城市將被從地面掀起，然後，崩塌成灰燼……

一片沙土，一包「和平」牌香菸，一棵肥厚的植物猶如蜘蛛一般趴在沙土上。

她

一些新生植物從沙土下破土而出……

四名「死人」般的大學生在河畔聊天。

河流。

潮汐。

重建後的廣島堤岸的日常景象。

她

……四名大學生情同手足一般，一起在等待傳奇式的死亡。

大田川的河口灣呈三角形狀，河口灣的七條分支灣在平常的時刻裡時而水枯，時而水漲；它們剛好在慣常的漲潮時間貯滿了多魚的清水；隨著不同的時辰和季節，這河水時而灰混，時而清澄。此時，大田川呈三角形的河口灣的七條小灣裡潮水正在慢慢地上漲，但人們不再沿著泥濘的堤岸觀賞漲潮的景色了。

朗誦般的畫外音停止。

廣島的街道，依然是一條條街道，一座座橋樑。

蓋頂的通道。

街道。

郊外，火車軌道。

郊外。

普通的一般性景物。

她

……我遇見你。

我記得你。

你是誰？

你害了我。

你對我真好。

我怎麼會懷疑這座城市生來就適合戀愛呢？

我怎麼會懷疑你天生就適合我的肉體呢？

你中我的意，多了不起的事情，你使我高興。

突然，何等的緩慢。

何等的溫柔。

你不可能明白。

你害了我。

你對我真好。

你害了我。

你對我真好。

我有時間。

我求你了。

吞噬我吧。

把我弄得變形，直至醜陋不堪。

你為什麼不這樣？

在這座城市裡，在今夜這個與其他夜晚如此相似的良宵裡，你為什麼不這樣？

我求你了……

猛然間，畫面上出現一張十分溫柔的女人的臉，這張臉向男人的臉伸去。

她

你的皮膚真是太好了。

男人發出一聲幸福的呻吟。

她

你……

日本男人的臉在欣喜若狂的笑聲中，隨著女人的臉出現在銀幕上，他笑得讓人無法形容。他轉過身來。

他

我，是的，妳會把我看得一清二楚。

兩個裸露的身軀呈現出來。與剛才相同的女人聲音響起，十分低沉，但這一次並不帶有朗誦似的誇張腔調。

她

你是地地道道的日本人，還是不地道的日本人？

他

我是地地道道的日本人。

他

妳有一雙綠眼睛，是嗎？

她

哦，我想……是的……我想我的眼睛是綠色的。

他注視她。輕聲說：

他

妳彷彿集一千名女子於一身……

她

那是因為你不瞭解我，就是這個緣故。

他

也許並不盡然。

她

為了你而集一千名女子於一身，我倒是挺樂意的。

她吻他的肩膀，把腦袋靠在他的肩窩裡。夜裡，她的腦袋側向敞開的窗戶，側向廣島，側向茫茫黑夜。一個男人在街上走過，在咳嗽（畫面上看不見他，只聽見聲響）。她站起身來。

她

你聽……四點鐘了……

他

什麼事？

她

我不知道這個人是誰。他每天清晨四點鐘從這兒經過，而且，他還咳嗽。

靜默。他們四目相視。

她

你，你當初在這裡，在廣島……

他笑了起來，彷彿在笑她孩子氣。

他

不……當然不在。

她又一次撫摸他赤裸的肩膀。這肩膀確實很美，從未受過損傷。

她

哦，真是……我真愚蠢。

她幾乎面帶微笑。

他突然盯著她，神情嚴肅，猶豫不決，然後，他終於對她說了：

他

我的家，當時就在廣島，我去打仗了。

她停止撫摸他肩膀的動作。

這一次，她微笑著怯生生地問他：

她

算你走運，是嗎？

他收起盯視的目光，在斟酌著究竟該回答「是」或「不是」：

他

是的。

她非常懇切而又確定無疑地補充一句：

她

我也很走運。

稍停片刻。

他

你為什麼來廣島？

她

拍一部影片。

他

什麼，一部影片？

她

我在一部影片裡扮演一個角色。

他

那麼，來廣島之前，妳在哪兒？

她

在巴黎。

再稍停片刻，停頓的時間更長些。

他

在巴黎之前呢？

她

在巴黎之前嗎……我在內韋爾。內—韋—爾。

他

內韋爾？

她

在涅夫勒省，你並不熟悉。

稍停，他彷彿剛剛發現廣島與內韋爾之間的某種關聯，問道：

他

妳為什麼要到廣島來看這一切呢？

她儘量真誠地回答：

她

我對它感興趣。在這方面，我有我的想法，譬如，想好好看看，我認為那是挺有意義的。

（譚立德翻譯，《廣島之戀》，聯經出版公司。）

胡晴舫

廣島之戀

1960

那些所有無法談論的

插畫／楊力龢

不久之前以九十一歲高齡過世的法國導演雷奈（Alain Resnais）生平最重要作品之一便是《廣島之戀》，而他曾說，沒有莒哈絲，他拍不出這部片子來。

《廣島之戀》初次放映時，驚豔全球影壇，即便在雷奈的法國新浪潮朋友圈子裡，如侯麥、高達、楚浮，他們也承認這部片子前所未有，憑空創造出一套新電影語言，看不出受了哪部前人作品的影響，好像一名天才小說家，出手之前已經吸收了多方前輩作家的養分，卻又超前了一步，標誌了一個新時代的開始。

片子內容碰觸了原爆慘劇，坎城影展怕激怒美國政府，因而不許《廣島之戀》主場放映，美國奧斯卡金像獎卻提名了莒哈絲為最佳編劇。《廣島之戀》之所以在世界影史佔一席特殊地位，因為運用影像創新了電影的敘事結構，更因為這是一次電影與文學的對等合作，證明了文學與電影能夠共同創作，不必誰屈就誰。之後，雷奈又找了另一名作家霍格里耶，合作了另一片經典《去年在馬倫巴》。如侯麥所說，《廣島之戀》讓文藝電影不再是貶意。電影和文學之間老是拉鋸，文學抱怨電影不能抓住文字最幽微之處，無法展現精密的人類思考，當電影試圖改編文學作品時，總是砍掉文學的精華，而留下食之無味的故事梗要，讓觀者莫名所以，像是米蘭·昆德拉的小說《生命中不能承受之輕》，若單看電影，根本不能理解這部作品為何能撼動每一吋它所觸及的心靈土地，即便是莒哈絲本人七十歲才寫的小說《情人》，改編成電影時依然慘不忍睹。然而，《廣島之戀》卻使文學與電影同時爆發各自的花火，織出一片繽紛璀璨的迷人天空。

莒哈絲的文字力量便是如此強大，在強調作者的法國新浪潮電影行列，莒哈絲單獨以她的文字，與其他偉大的影像作者齊肩並行。

去年夏天，巴黎小戲院重映《廣島之戀》復修版，已經歷了日本東北大地震以及福島核爆的我坐在裡頭，已不知第幾遍再看一次這部片子。大學時代初次看這部片，年輕的我跟大部分人一樣，只知道這是名片所以找來看，很快讓電影對白韻律吸引，深深沉醉於那股神祕的感官魅力，著迷那種直觀的美學風格。這麼多年後，歷經人事的中年人才終於徹底理解這部片子的核爆力，以及莒哈絲這名法國女作家的獨一無二，她心思細膩，洞察犀利，了解人世的哀傷，卻保有對人性的憐憫，作為一名創作者，她膽敢觸碰社會禁忌，而且不會故作政治正確，來個道德說教，相反地，她想攻擊的對象便是這些道德凜然的偽善者。是他們以他們自認高貴的政治觀點，發動戰爭，送戀人上戰場，投下原子彈，炸毀所有人的愛情以及生命的全部可能性。如同《廣島之戀》片中，男主角問女主角是否她一直擁有可疑的道德觀，莒哈絲寫下女主角的回答：「應該說始終可疑他人的道德觀。」

這部片子敘述一段愛情，處理的是記憶。什麼記住，什麼記不住，什麼會遺忘，什麼被迫遺忘。一顆原子彈掉落在日本廣島，結束了戰爭，翻轉了加害者與受害者的身分，大歷史燒剩了的餘燼裡，其實埋藏著小歷史的大量骨骸。

電影一開始，纏綿相交的兩具肉體一會兒布滿激情的汗珠，一會兒覆蓋了灰燼，一會兒生，一會兒死。而接下來的回憶一會兒連續，一會兒斷裂，敘事一會兒直敘，一會兒倒敘。眾所皆知，莒哈絲一輩子嚴重酗酒，向來都是喝得極醉之後才動筆寫作，而她的作品常常是半自傳，當我已是成年觀眾，撇開那些學院式的文學分析、新小

Hiroshima mon amour

說實驗的術語，去年夏天在巴黎小戲院裡，我忽然理解，那其實是酒徒的語言，就像她的《情人》使用大量獨白與對話，去喚起一個已經消逝的世界，將所有鬼魂從記憶深處招回，《廣島之戀》的非線性敘事，就像喝得七葷八素的莒哈絲坐在觀眾對面，開始發酒瘋，顛三倒四說起自己的故事，前後顛倒不連貫，想到哪說到哪，如同片中女主角跟男主角夜半窩坐小酒館，等待天明的分手，酒一杯一杯乾掉，女主角逐漸意識朦朧，但不是因為酒精，卻是因為她逐漸掉落回憶的黑夜之中，就在那時候，藉著酒精壯膽，她才敢憶起戰爭帶給她的痛苦，回想那些曾經擁有的激情。

然而，莒哈絲的酒話當然不是那麼簡單，她對字句斟酌之講究、之霸道，義大利女記者去採訪她時剛好一通電話來了，莒哈絲邊通話邊手抓著女記者，不讓她寫下一個字。一個字都不行。她連日常用詞都簡練，寫下來的句子更要求手術醫師開刀的準確。《廣島之戀》看似斷裂、重複又瑣碎的對話，其實宛如一首結構嚴謹的交響曲，每一個音符皆有其存在的意義，不多不少，不偏不倚，就在它該在的位置。句子對比又排比，重複，省略，有時押韻，過去式與現在式之間不斷跳躍，時而第一人稱，時而第三人稱，故事便在角色內心獨白與對話之間逐漸推開。

一名法國女演員到日本廣島拍攝宣導和平的電影，與一名日本建築師相遇，很快墜入了情網。隔天她便會離開，這段剛萌芽的愛情馬上面臨了即將遭到遺忘的命運。而後，觀眾理解了為何這是一段注定遭隱藏的戀情，原來女演員在法國有丈夫有孩子，而男建築師的婚姻也非常美滿。無法談論的，還有他們各自壓抑的往事。就在廣島這塊戰爭的廢墟上，現在拿來做愛的肉體曾經捲入戰火的塵土。

女主角說，「我看見。」男主角說，「你沒看見。」女主角說，「我什麼都看見了。」而且，「我知道，我什麼都知道。」男主角依然否定，「你不知道，你什麼都不知道。」

莒哈絲說，「談論廣島是不可能的，人們所能做的，只是談談不可能議論廣島的這件事。」她想在電影寫無法說出的東西。一個是侵略國的退役軍人，同時是戰敗國的國民，家鄉遭原爆而他不在場，一個是母國遭德軍佔領卻戀上德軍士兵的女人，戰後遭同胞剃光頭髮，讓父母關在地窖以防止她傷害自己，必須半夜偷偷騎腳踏車離開故鄉。大歷史包著小歷史，戰爭在個人生命所留下來的醜陋傷口，就像原子彈炸過，那些嚴重灼傷的皮膚，一輩子畸形的肢體，永不可能恢復，活著等於死了，隨著時間流逝，仍繼續內在病變，因為無法面對殘酷的慘象，所有人便通通別過頭去，假裝沒看見。

道德屬於大眾，戰爭擁有全部人，痛苦卻永遠個人。戰後女主角藏在父母家地窖，每天看著世界從頭頂窗口走過。世界遺忘了她，因為她活該。戰爭結束了，個人的苦難才開始。曾經是全部的全部、代表整個世界的愛，她不但失去，而且必須學會忘記，所以才能在這個戰火劫後重生的新世界裡活下去。

女主角說，「聽我說，像你，我懂什麼叫遺忘。」男主角說，「不，你不懂什麼叫遺忘。」女主角說，「像你，我有記憶。我懂什麼叫遺忘。」

因為遺忘就是一種記憶。當人爬梳過往種種，決定什麼該忘什麼已忘，那個過程已是回憶的開始。那些故事中發生的斷裂、句子的重複與影像的穿插，正是一個人回想的自然方式。斷斷續續，細節逐漸清晰，讓我再回頭補充一句。壓抑了的記憶讓女主角驚懼，「太可怕了，我已經開始記不清你……我開始忘記你。我因為遺忘了這麼大量的愛而發抖……」

《廣島之戀》飾演女主角的女演員艾曼妞．雅希娃（Emmanuelle Riva）後來以八十五歲高齡飾演《愛慕》（*Amour*），處理的也是記憶。死亡是人類永遠打輸的戰爭，愛再長久而豐盈，依然逃不過時光湮滅的命運。

為何糾結於記憶，為何不能在記憶流逝之際乾脆放開，讓遺忘接手，因為記憶是人們定位自己的方式，也是互相了解的開始。女主角說，「我想起你，卻無法談論你。」記憶要求被敘說，重複前世是一種確定今生的方式。當我們回憶，我們便在尋找自己；當我們回述緣由，我們其實在說明自己。原爆既代表了現實中的戰爭，也象徵了社會身分炸毀，生命座標混亂，愛情原是生命的真北，卻變成恥辱的源頭。她是誰，從哪裡來，要往哪裡去，戰火中不小心失去的名字，要從何找起。

就在分手之際，女主角呼喚男主角，「廣島，這是你的名字。」男主角回應，「對，那是我的名字。妳的名字是內韋爾（Nevers），法國的內韋爾。」而不是女演員戰後移居的巴黎。

發生在她生命的眾多時刻中，他選擇認識並記憶仍住在故鄉內韋爾的她，因為在內韋爾時的她「那麼年輕，尚未屬於任何人」，也因為她「開始變成今天的她」。

胡晴舫

台灣台北生，台大外文系畢業，美國戲劇碩士。寫作包括散文、小說、文化評論。一九九九年移居香港。固定專欄發表於兩岸三地以及新加坡各大中文媒體。作品《第三人》獲第三十七屆金鼎獎圖書類文學獎，最新著作為二〇一四年出版的《懸浮》。二〇一〇年起，旅居東京。現居紐約。

L'amant

《中國北方來的情人》

選　摘

這是那條河，湄公河。

河川上的渡輪，先前書裡頭的那一艘。

渡輪裡頭，有著當地居民的鄉間客運，有著長身寬座的豪華黑轎車，還有這本書裡頭的情人們，張望著。

渡輪啟動了，它一駛離渡口，孩子就從客運巴士下來，她望著河流，也望著黑色大轎車裡頭，優雅的中國人。

她，孩子，抹了胭脂，穿著先前那些書裡頭那個少女的行頭：泛黃了的米白越南綢子洋裝，「年幼無知」地戴了頂男用帽子，那頂繫了黑色寬緞帶的紫檀色平邊軟帽，腳上蹬著那雙黑色亮片鑲金線的晚宴高跟鞋，整個鞋跟都磨歪了。

黑色大轎車裡，出來了另外一個男人。一個和先前書裡頭不一樣的中國男人。他要稍微強壯些，果敢些，英挺些，還要健康些，而且更派頭，更上鏡頭，面對孩子也不是那樣的怯生生，是一個滿洲來的，中國北方來的男人。

她還是先前書裡頭那模樣，小個子，瘦伶伶，肆無忌憚，難以捉摸，也難以形容，並不那麼的有姿色，寒傖，小家子氣，祖先們是佃農、鞋匠之類的出身，法文總是到處都拿班上第一名，卻憎惡法國。永遠無從撫慰的鄉愁，永遠無從撫慰的童年，既是大嚼西方的生鮮血紅牛排，又是鍾情孱弱的男人，性態度呢？一時還沒有接觸到。狂有閱讀癮頭，觀察眾生入迷，放肆不羈，來去自如。

他，是個華人，高大的華人。

有著中國北方人的白皙膚色，優雅體面。穿了成套綃織西裝，桃花心木色的棕紅英國皮鞋。西貢金融小開模樣。

他盯著她。

她也盯著他。

互相打量，互相微笑。他靠了過來。抽著一支「555」。

他伸出微微顫著的手——她是那樣的年輕——遞過來一支香菸：抽菸嗎？

孩子攤了攤手：不！

「打擾了！在這地方遇見您，真是意外……」

孩子沒答腔。她直直地盯著他，笑容也收斂了。這個眼神只能說是蠻橫無禮，母親就說過她肆無忌憚：沒有人用這模樣盯著人家看。她彷彿也沒聽見他說了些什麼。就盯著那一身西裝革履，那一輛豪華轎車，那周遭散發的歐洲舶來古龍水香氣。往後，還有那鴉片氣味，蠶絲氣味，綾羅綢緞、琥珀似的真絲氣味，琥珀似的男人肌膚。

她盯著這一切，那豪華轎車，那私家司機，還有他，那中國人。

總是飢渴難撫、總是出人意表的童年遭遇。就在這不得體的好奇神色中流洩了出來。他就這麼看著她打量著這一天渡輪裡出現的新奇事物，他的好奇心也就這麼跟著油然而生。

孩子開口：「您這是什麼車子？」

「是輛Morris Léon Bollée。」

孩子表示不認識這個廠牌，她笑了起來：「沒聽說過……」

他也跟著她笑了起來。

她又問：「您是誰？」

「我住沙瀝。」

「住沙瀝哪裡？」

「河邊，沙瀝尾端的那幢陽台樓房。」

孩子思索了一下：「那幢藍色宅邸？淺淺中國靛青那幢？」

「正是，淺淺中國靛青。」他笑了。

她盯著他。

他說：「我從來沒在沙瀝見過您。」

「我母親派任沙瀝已經兩年，而我在西貢住校，所以嘍！」

沉默。

中國人問她：「那您很懷念永隆嘍？」

「沒錯，我覺得那裡再好不過了。」

他們相視而笑。

她又開口：「那您呢？」

「我？我從巴黎回來，我在法國念了三年書，幾個月前回來的。」

「念什麼？」

「沒什麼好提的，隨便混混，您呢？」

「我在西貢Chasseloup-Laubat高中就讀，正準備升大學的會考，寄宿在寮田女子宿舍。」

她又補了一句，像是挺要緊似的：「我在印度支那這裡出生的，哥哥們也是，我們都是在這裡出生的。」

她凝望著河面。

他若有所思，不那麼戒慎了。微笑著，說話了：「如果您願意，我可以送您一程到西貢。」

「我很願意。」

她毫不遲疑，這轎車，還有這一臉揶揄的男子。她高興得很，從眼角笑意就可以看出來了，她會好好跟小哥保羅描述這輛Léon Bollée，汽車方面他最有興趣。

那中國人吩咐了司機，用中文。

司機上了客運巴士，提了孩子的行李，放進轎車裡。

車輛魚貫駛上了渡輪的卸貨台，停在碼頭邊的陡坡上，乘客們都徒步過去。他們在流動攤販前停住了，孩子盯著糕餅瞧。是爆玉米花澆上椰汁糖漿，一塊塊裹在香蕉葉裡。

那中國人請了她一塊。她手接過來，三口兩口吞了下去，也沒說聲謝謝。

從哪兒冒出來的她？

纖細玲瓏的身材看來像個混血兒，但也不對，瞳眸顏色又太淡澈了。

他望著她嚥下了糕點：「妳要不要再來一塊？」

這時他用「妳」稱呼了她，她瞥見他笑著，她說不要了，不想要了。

又有一艘渡輪從對岸靠了過來。

孩子一時之間迷惑地盯著那艘渡輪，她忘了那中國人。她認出渡輪上那輛黑色敞篷蘭吉雅。那是夜裡華爾滋的那個紅袍女人。

那中國人問說那是誰。

孩子遲疑著，不答覆那中國人，卻暗自竊喜地喃喃念了一串名字：

「史崔夫人，安・瑪麗・史崔，她就是行政署長夫人，在永隆，我們都稱她A.M.S.。」

她赧然微笑，為自己這般瞭細，感到不好意思。

那中國人對孩子這番話感到納悶，他說他在沙瀝似乎聽過人家提到這女人，但是他對她一無所悉，只是……一下子又挺耳熟……

「她有好多情人……所以您有印象。」

「我想也是……沒錯……應該是。」

「其中有一個，非常年輕，遲早會為她自殺殉情……我也不太清楚……」

「她很美，我原以為她還要年輕一些……聽說她……有點兒癡狂，是不？」

關於癡狂，孩子不予置評。她說：「我不知道什麼是癡狂。」

轎車啟動了，他們駛往西貢的大道上。

他一直盯著她。

那中國人一會兒「妳」，一會兒又不自主的夾雜用「您」來稱呼她。

「常常有人邀妳搭便車吧？不是嗎？」

她點了點頭：是的。

「妳有拒絕過嗎？」

她點了點頭：有，偶爾。

「有時候……車上有小娃兒，總是哭鬧個不停……」

他們兩個都笑了起來，漫不經心，又有點漫不經心過了頭。笑法都一樣，一種他們自己的笑法。

笑完了，她望向窗外。

他則望向那些捉襟見肘的蛛絲馬跡：磨穿了後跟的黑緞鞋子，硬殼牛皮紙糊的土產衣箱，男人帽子。他笑了，這讓她也跟著好笑。

「您就穿這鞋子上學嗎？」

她說：「沒錯。」她望向腳上的鞋子。這恐怕是她第一次「這麼看見」這雙鞋。

她跟著好笑。

「還有這頂帽子？」

沒錯，還有這頂帽子，她笑得更厲害了。她笑得不可收拾，又那麼泰然自若，他就跟她那樣笑著。

「這頂帽子倒是……跟您好匹配……簡直是特別為您做的……」

「那鞋子呢？」她笑問著。

那中國人也笑得更厲害了。他說：「關於鞋子，不予置評。」

他們就盯著那雙黑緞鞋，笑得不可開交。

就這樣，笑鬧一場之後。

從那時候開始，改寫他們的一生。

（葉書雁翻譯，《中國北方來的情人》，聯經出版公司。）

林德祐

情人

1984

沒有相片的相簿——《情人》中的「絕對相片」

《情人》，所以纏綿悱惻，所以至死不渝？令人驚訝的或許是，一向喜歡在標題上故弄玄虛的莒哈絲（Marguerite Duras）——《如歌的中板》（*Moderato Cantabile*）、《勞兒之劫》（*Le Ravissement de Lol. V. Stein*）、《夏夜十點半》（*Dix Heures et demie du soir en été*）……等——居然給她的小說如此平凡的標題。福樓拜（Gustave Flaubert）形容他的女主角艾瑪・包法利的讀物時曾語帶諷刺說道：「書中盡是什麼情人、戀人、愛情、愛慕、為愛殉情的名伶……」，畢竟「情人」喚起的是一道浪漫主義的愛情文學傳統，充斥著陳腔濫調，而標新立異的新小說家不見得會喜歡這樣的標題，除非有什麼後設的企圖。或者我們應該探討，這個顯而易見的常理（《情人》即情人）如何以其卑微隱匿著一場深刻的道理。所有的理所當然其實也都不是那麼理所當然：一方面，所謂的理所當然往往淺顯易懂，所以不再被思考，於是其真正的內在早已從我們眼下溜走；另一方面，理所當然的事物往往就像一場騙局，使讀者誤識而毫不知情。因此，如果將《情人》視為一本愛情羅曼史或懺情錄，則是忽略了「情人」這單薄、刻板的標題可以觸及的深度。或可從這本書特殊的敘述模式說起，一種引導人觀看影像的書寫：「在寫《情人》一書之前，我有過某張面孔，某張不曾被拍攝的照片，這本書我原本想命名為《絕對的面孔》或《絕對的照片》」，莒哈絲接受訪談時曾如此表示。

莒哈絲的《情人》通常被解讀為作家本人的自傳敘述，作者追溯在越南度過的童年、家庭生活以及初戀的中國情人。然而，不同於一般的自傳小說或回憶錄敘述，莒哈絲採用了碎片、絮語式的書寫，人稱運用上也不局限於「我」的絕對性，使這部作品擺盪在多重的不確定性中：似小說又非小說、似自傳又非自傳，似相簿又非相簿。事實上，原本莒哈絲試圖以相片／文本對照的方式出版這本自傳，設想好的標題是《絕對相片》（*La Photographie absolue*）。莒哈絲對影像情有獨鍾，不論是靜態的寫真或是流動的電影影像。她本身也擔任過導演，兒子是攝影師，一九六六年曾與傳記作家維康德烈（Alain Vircondelet）合出一本集子：《莒哈絲：真實與傳奇》（*Duras, Vérité et légendes*），這本書其實是《情人》最初的計畫，後來相片沒有放上去，獨留文字自行敘述。但是，另一方面，也是因為沒有任何一張相片能夠真正代表這幅影像，於是只能寄託文字來捕捉這張「絕對相片」。莒哈絲曾在法國文化電台（France-Culture）的訪談中說過：

> 即使我們有專業相機能原原本本地拍攝我們的一生，我們還是沒有擁有一幀自我的相片，而是無數張照片……我想要人家拍我睡覺的時候、正在寫作的時候，因為我認為，在這些我離我自己最遠的不同時刻，我的臉孔肯定是不一樣的。但是這根本不可能。這並不存在。因為我很清楚，當人家正在拍攝我的時候，我正在為這張相片擺姿勢。（一九八四年十月二十日）

在社會化過程中，自我被迫戴上面具，所謂的「絕對的相片」指的則是不為人知的自我之面貌，霎那間逃離社會化框架的自我。不再有典範的存在，也沒有掌鏡者，絕對影像遠非一般襲套、刻板式的攝影寫真。「絕對相片」必須是自發性的，瞬間拍攝的，但是不具時間性，從而絕對，也就是說，它必須是最回歸本質、代表整體的，任何其他的相片相形之下都望塵莫及、無法超越的。莒哈絲試圖捕捉的是一幅趨近本質的相片，一幅本質正在形塑的照片，其中蘊含了她的故事，她的命運，她的本真。相片是一種光的書寫，因為有光，所以有相片，因為有相片，所以能照亮。相片既是文本，具有揭顯的功能，必須能照亮「內在的影子」，亦即一切潛匿在幽暗角落的破碎記憶，或者正如莒哈絲在《情人》中竭力陳述的：「一切超乎所有理解力的，我無法滲入的，隱匿在我最深的軀體之核，像剛出生的嬰兒無法睜開眼睛看見的東西」（p.34）。自傳書寫正是在於重新尋找自我在過去留下的蛛絲馬跡，這些個人的歷程與蹤跡由於時間、記憶與想像的作用而產生變形。一如納爾西斯欣賞自己的倒影，莒哈絲正探勘著自己私密的影像，祕密的核心，而她那試圖洞悉真實的眼神，探測著所有的偽裝，所有的面具。

自我書寫原本就是一種捕捉自我的企圖，眼光變成一種探測的利器，除了在鏡中端詳自己，凝視自己，也可以透過家族和童年相片來了解自己，或了解自己以外的自己。然而，弔詭的是，最能夠照亮自己、揭露自己的照片並不存在，並未被拍攝：

> 就是在那次旅行的過程中，我原可能有一張突出的面孔，原可能有一張和所有面孔不同的面孔。那面孔可能存在的，原可能有人為我拍一張照片的，像在別的場合中拍一張照片一樣。然而，沒有人為我拍照。拍照的對象太渺小了，引不起興趣。誰會想到拍照？只有在這種情況下才會有人替我拍照，換言之，假如有人預料到那次渡輪上發生在我生命中的事件之重要性。然而渡河的時候還沒有人知道那事件之存在。只有上帝知道。因此那張面孔不存在，也不可能存在。它被遺漏了。它被遺忘了。它未能突出，未能與其他的面孔不同。（p.17）

莒哈絲的書寫正是為了填補這道空缺，因為空缺，所以書寫，然而書寫也只能陳述著缺席、潰敗與失落，彷彿文字的原則就是用來補償的，莒哈絲在《八〇年夏》（*L'Été 80*）曾寫道：

> 我經常這麼說，我們總是書寫關於一個人的死亡，或一段愛情的殞落，也就是說，書寫通常沉溺、耽溺在這種缺席的狀態下，然而並無法因此把那些逝去的時光或活過的日子彌補回來，而只能標示出這段空缺所留下來的荒漠。

正是因為這種永遠無法真正彌補、真正挽回的缺憾，所以莒哈絲只能不斷地重複書寫，書寫書寫的不可能，愛情的不可能：

> 我自以為寫了書，但是從來沒有寫過；自以為愛過，但是從來沒有愛過；我甚麼也沒做，我只在一扇關上了的門前等待。（p.34）

那張未拍的照片，那張虛擬的照片，劃出一道空缺，文字就從那裡不斷衍生。這張虛擬的照片是透過想像力與記憶交織而成，畫面上是站在湄

L'amant

公河岸邊的十五歲半少女，姣好的容顏，初次體驗愛情的容顏，而敘述的話語來自一位年邁的女作家，七十歲，「毀壞的容顏」。相片就像一本小說一樣，也具有文學的特徵，相片催生文本，相片會敘述，相片中所乘載的事件也賦予自身一種悲劇的特質。

然而正因為絕對，這張相片無法存在，尤其在一個嚴峻冷肅的家庭背景之中，一張盈溢著自我的相片更是無法想像。小說中提及的許多照片都是由專業攝影師掌鏡，出於母親的主意居多，而母親要的照片是全家福的大合照，給童年做紀錄，照片中沒有風景，沒有個體性，然而女主角並沒有因此消融在無背景、無個人形象的照片中，母親吊銷了女兒的個體影像，女兒則在情人的凝望或想像之中獲得了彌補：「在轎車裡有個服飾典雅的男人望著我」（p.25）。我看見別人在看我，我看見我在看我自己，這兩者構成自我影像的多重面向的可能：「突然，我把自己看成另一個女孩，就像另一個人在看我的那樣，從外邊，把自己交付給所有人，交付給所有的眼光支配，將自己放置在城市、公路和慾望的流動之中」（p.20）。他者的眼光，我的影像：情人的眼光接替了那幅自我影像的描述，使我的影像銘刻在慾望、感官的標記下，同時慾望也與流動的空間相關：莒哈絲這本自傳敘述特別借助視覺的運作與視角的移動，輪番召喚著觀看、自我觀看與呈給他人觀看的樂趣。「請看我！在渡輪上，我仍然有著長髮。十五歲，我已經化妝了」（p.24）。這正是自傳書寫的企圖：將自己以影像的方式呈現給人觀看。影像、視覺與他者的眼光構成莒哈絲創作與讀者接受的重要元素。進入他者的眼光，自己觀賞自己的身體，正是進入「域外」，而域外正關係著書寫命運的可能，正如貝克特（Samuel Beckett）所說，「離開『此地』，才能開始言說」。

小說最開始，莒哈絲曾盡力描述一幅自我私密的影像，姑且稱為「創始影像」：「我經常會想起這幀影像，我此刻仍獨自看著這幀影像，從沒有向誰提及。它恆在那裡，在靜默中，令人驚訝。在眾多影像中，這幀影像是我最喜歡的，我在這影像中辨識出自己，迷戀自己」（p.9）。這幅影像在文本的位置是介於女主角與兩位男性的相遇之間，一位是在大廳遇見的陌生男子，一位則是在渡輪上的情人：「一個男子向我走來」／「那位優雅的男子緩緩地朝她走來」（p.24）；同樣地，兩位男子都獻上讚美：「我今天來是為了告訴妳，我覺得現在的妳比年輕時的妳更美」／「一個年輕的女子，像她這般美麗」（p.24）。原本自我流連忘返的那幀影像，在書一起始的陌生男子和中國情人的眼中獲得印證，莒哈絲運用了愛情文學中初遇場景的典範模式，「我一直都認識妳」，增添自我形象的可視性、可慾望性，以及可敘述性。絕對的相片與情人是密不可分的，既有視覺傳遞與文本敘述的功用，也關係著慾望的場景。

《情人》以斷續的回憶、雜散的感官速記書寫，每個段落又類似對某幅照片的短評，或圍繞著這幅照片蕩漾出其他的記憶連結，這些記憶斷片自然也超出照片所承載的範圍。因此，閱讀《情人》召喚起的是觀賞影像的感覺，莒哈絲刻意營造一種帶領讀者觀看影像的感覺，一幅又一幅的導覽，小說書寫變成一種「影像導覽機器」。雖然全書並未如先前計畫以圖文穿插的方式出版，但是讀者的確經常在作家的特殊敘述技巧的帶領之下，和她一起觀賞，甚至創造那隱匿

插畫／楊力龢

的照片，肉眼看不見的照片。也可以發現，她想要讀者看到的是如是展現的影像，而不是透過修辭與風格再現的場景。為此她竭力不使用文學藝術過度繁複的文字技巧，而是放棄任何技巧，或刻意僅用一些指示型的語法。彷彿對敘述者而言，重要的是以影像的方式界說場景，同時盡可能讓讀者在影像的流動中跟隨體驗。在莒哈絲的世界中，如何界說生命？生命不容重新生活，只能透過敘述召喚：必須讓生命自述。然而生命只有以展示、供人瀏覽的情況才能描述自身，也就是說，必須把生命轉化為畫面、影像，在自我觀看中讓畫面以感官的形式重新湧現，並透過引人觀看，將身體的悸動、顫抖與熱情傳遞出來，從「自我觀看」到「引人觀看」的這道過程，正是莒哈絲書寫的愉悅和逾越。

註：文中《情人》的小說參考版本為：Marguerite Duras, *L'amant*, Paris : Minuit, 1984.

林德祐

巴黎第七大學現代文學博士，現任中央大學法文系助理教授。專研法國二十世紀文學、青春敘述、文學評論、小說書寫研究，學術著作曾刊於《中外文學》、《外國語文研究》、《漢法研究》。譯有比利時小說家亨利．伯修的《藍色小孩》（2010，心靈工坊）、《我一百歲，我有七萬個小孩：以馬內利修女訪談錄》（2009，心靈工坊）。

India Song

《印度之歌》

選　摘

有關聲音1和聲音2

聲音1和聲音2是**女性**的聲音。聲音很年輕。

兩個聲音之間曾經有過一段情。

有時她們會談起這段愛情，她們自己的愛情。但大多時間，她們談的是另一段愛情，另一段故事。但這段故事會把我們帶回她們的故事，而她們的故事，又將我們引到《印度之歌》。

在故事結束時出現聲音3和聲音4。女聲與男聲的不同在於，女人的聲音帶著癲狂。她們的溫柔很危險。對這段愛情故事的記憶混亂、矛盾，常常是譫言妄語。這種譫妄狀態平靜但炙熱。女聲1被安娜瑪麗的故事煎熬，而女聲2則因對女聲1的激情而受盡煎熬。

她們的聲音必須一直非常清晰，但音量要隨講話的內容而變化。當她們轉向她們自己的故事時，聲音最實在。其實幾乎一直是如此。因為《印度之歌》的愛情故事不斷游移，與她們自己的故事重疊。但仍有一處不同：當她們在談眼前發生的故事時，她們與我們一起發現，因而與我們有一樣的恐懼，也可能有同樣的情緒起伏；而當她們談自己的故事——總是隨著慾望，突如其來——我們必須能聽出她們各自情感間的差異。特別是要能感受聲音2的恐懼：她面對聲音1的情思迷亂。這恐懼是因為在往事重現時，聲音1面臨極大的危險：她可能會「迷失」在《印度之歌》這個故事中，這個已成過去、已成傳奇的典範之中，從而背離了自己的人生。

這些聲音絕不嘶喊，一逕輕柔。

暗場

鋼琴以慢節拍奏出〈印度之歌〉——是一首兩次大戰之間的曲子。

全曲完整奏出。這段時間很長，俾使觀眾、讀者能脫離他所處的環境，進入表演或閱讀。

繼續奏〈印度之歌〉。

繼續。

終於，〈印度之歌〉奏完了。

樂曲再起，比第一次更「遙遠」，彷彿不是從現場傳來的。

這次的〈印度之歌〉是正常速度，藍調節奏。

幽暗散去。

當幽暗徐徐散開，突然間，出現了聲音。我們發現還有別的人在看、在聽我們以為只有我們看到、聽到的。這是個女人的聲音。緩慢、輕柔。很近，就像我們一樣被幽禁於此。卻又飄忽，邈不可及。

聲音1：

他跟她去了印度。

聲音2：

是的。

停頓。

聲音2：

為了她，他拋棄了一切。

一夜之間。

聲音1：

舞會的那夜……？

聲音2：

是的。

光線持續轉亮。〈印度之歌〉繼續奏著。

聲音沉默良久。隨後再起：

聲音1：

是她在彈鋼琴？

聲音2（**遲疑**）：

是的……他也在彈……

是他，有些夜晚，會在鋼琴上彈這首沙塔拉（S. Thala）的曲子……

靜默。

這是一棟印度宅院，寬敞開闊。「白人」的宅子。長沙發。座椅。

〈印度之歌〉年代的家具。

天花板上的風扇旋轉著，悠忽如夢魘。

鐵欄杆加珠蘿紗的窗子。欄杆外，看得見熱帶花園中的小徑。

夾竹桃。棕櫚。

徹底靜止，花園中沒有一絲風。

屋內，沉鬱陰暗。是夜晚？無從知曉。

空間開闊，鑲金處處。大鋼琴，水晶燈未亮。

許多室內花草。一切靜止，只有不真實如夢魘的吊扇在搖晃。

光線緩緩亮起，配合著聲音的悠長；聲音與光線的輕柔又襯托景致的淒迷。

聲音1（**如閱讀般**）：

「麥克．理查遜已經和沙塔拉的一名年輕女子訂婚了。她叫勞兒．瓦萊里——施泰茵。婚禮原訂在秋天。

可後來有了這場舞會。

這場沙塔拉的舞會……」

靜默。

聲音2：

她到舞會時，已經很晚……夜已深了……

聲音1：

是的……**一身黑衣**……

這場舞會，多少愛情……

多少慾望……

靜默。

隨著燈光轉亮，可以看到人影綽綽，鑲嵌在殖民地的布景裡。原來這兒有很多人。

但是人都被東西遮住了：或是一排綠色植物，或是細緻的欄杆、透明的簾子，或是香爐的氤氳。這就使這部分空間的可見度減低了。

偎在一張長沙發上，是個一身黑衣的女人，高䠷、修長，幾近瘦削。

在她身旁，一位男士，也穿一身黑，坐著。

在這對情侶的另一邊，另一位男子，也穿黑衣（其中一人抽菸，這才讓人猜到這裡有人？）

聲音1：發現——**在我們之後**——穿一身黑的女人。

聲音2（**焦灼不安，聲音極低**）：

安娜瑪麗．史特德兒……

聲音2似乎未聽見。

聲音2（**低聲**）：

妳臉色怎麼這麼蒼白……妳究竟怕什麼……

無回應。

靜默。

三個人像是被觸擊，僵住不動了。

〈印度之歌〉中斷。

聲音降低，以配合此處的死寂。

聲音2：

她死後，他離開了印度……

靜默。

這句話一口氣說完，像是已經背了很久。

在我們面前，這個黑衣女子，已經死了。

燈光趨於穩定，但陰暗。

全場靜默。由遠到近。

聲音充滿苦楚，她們已毀的記憶重新浮現，但聲音的輕柔不變。

聲音2：

她葬在英國公墓……

停頓。

聲音1：

……在那邊死的？

聲音2：

在小島上。（**遲疑**）一天夜裡，被人發現死了。

靜默。

〈印度之歌〉再響起。緩慢、遙遠。

起先我們沒看到任何動靜。人物剛開始動：與〈印度之歌〉的第一個音符同時開始。

黑衣女子與她旁邊的男士一起開始動，從死寂中走出。腳步靜悄無聲。

站起身。

走近彼此。

他們在做什麼？

在跳舞。

他們在跳舞。當我們注意到時，他們已經在跳舞。

步伐悠緩地舞著。

聲音1開始說話時，他們已經跳了好一會兒了。

聲音1開始點點滴滴的回憶。

聲音1：

法國駐印度大使館……

聲音2：

是的。

停頓。

聲音1：

人聲嘈雜，是恆河……？

聲音2：

是的。

停頓。

聲音1：

這光線？

聲音2：

是雨季。

聲音2：

……沒有一絲風……

聲音2（**繼續**）：

吹向般加拉（Bengale）……

聲音1：

……這灰塵……？

聲音2：

加爾各答市區。

靜默。

聲音1：

好像有花的香氣……？

聲音2：

痲瘋。

靜默。

他們一逕隨著〈印度之歌〉的曲調起舞。

他們在跳舞。這句要講出來。

（否則好像事情就不夠明確，也為了讓畫面和「聲音」相結合。）

聲音2：

他們在跳舞。

聲音2：

晚上，他們常跳舞。

靜默。

他們跳舞。

在舞中相偎，直到融為一體。

〈印度之歌〉遠去。

融在舞中，你在我中，我在你中，幾乎不動。

隨後，完全凝定不動。

聲音2：

妳為什麼事掉淚？

沒有回應。

靜默。

音樂停了。

遠處，有低語。隨即，消失。更多竊竊低語。

在喧譁聲包圍的靜默之中，他們依舊不動。

黏在一起。凝定不動。

良久良久。

對著這對膠合在一起的情侶：

聲音2：

我愛妳愛得看不到愛得聽不到死了……

沒有回應。

靜默。

〈印度之歌〉再從遠處響起。慢慢地，這對男女分開，重新活過來。

在音樂聲後，響起市聲、加爾各答的市聲：嘈雜、喧鬧。周遭是各種聲音：小販規律的叫賣聲、犬吠、遠處的呼喚。

隨著外面市聲的升高，花園小徑的天氣烏雲密布。光線陰沉。沒有一絲風。

靜默。

這對情人分開了，轉向花園。看著花園，不動。

第二位坐著的男士也開始望向花園。

光線更為陰沉。

加爾各答的市聲停了。

等待。

再等待。天幾乎黑了。突然間，等待到了盡頭：

雨聲。

飽足的、新鮮的雨音。

般加拉下雨了。

看不見雨，只聽到雨聲。好像別的地方都在下雨，只有這個花園被生命排除在外。

所有人都看著雨聲。

（劉俐翻譯，《印度之歌》，聯經出版公司。）

阮若缺

印度之歌

1973

莒哈絲喃喃絮語的印度之歌

India Song

如果讀者看過莒哈絲少女時期纖細模樣的照片，便不難想像在《情人》中那位中國富家子弟為何對她傾心。倘若您翻閱到作者老年的圖片，則很難將兩者聯想在一起：一個滿臉皺紋、身形嬌小、老戴著粗框眼鏡、穿著高領毛衣、黑色背心與喇叭短裙，還有厚底鞋子的老婦人。而陪伴她終老的卻是個比她小三十歲的同性戀男子……

莒哈絲一生創作無數，包括劇本、電影腳本、小說、評論等，最令一般人（尤其亞洲人）津津樂道的，莫過於和導演亞倫·雷奈合作的《廣島之戀》與被譯成四十三種語言的小說《情人》，而光在中國大陸便有八個翻譯版本；一九九一年出版的《中國北方來的情人》亦大受歡迎。當然，這種私密的自傳體作品激起亞洲讀者的好奇心，拉近了作者與讀者間的國族距離，其中大膽地告白痛楚，亦引發眾人的同情。

不過，莫瑞諾（Angelo Morino）透過研究比較《太平洋防波堤》、《情人》與《中國北方來的情人》之後，發現其實《情人》敘述的是莒哈絲母親瑪麗·勒格朗（Marie Legrand）的一段婚外情。而莒哈絲和她二哥的膚色，也較接近亞洲人，到了老年尤其明顯……此外，米謝·杜尼耶（Michel Tournier）在《歡慶》（*Célébrations*）中亦再度提及《情人》描繪的其實是母親而非女兒的這種說法。但丹妮埃勒·洛罕（Danielle Laurin）在《閱讀》（*Lire*）雜誌中發表過一篇記事，她和莒哈絲在沙瀝（Sadec）的老同學李女士見過面，她證實瑪格麗特與黃水梨的確曾經私奔，並表示莒哈絲返法二十多年後，黃水梨大嫂轉交給她好幾把巴黎來的梳子，意味著莒哈絲和黃家有來往。如今黃家在沙瀝的房子，已成了「情人博物館」，觀光客尚可到此一遊，還可住宿①！

二十世紀末，中國大陸著實掀起一股「杜拉斯」風，灕江出版社即於一九九九年出了一套莒哈絲譯叢；春風文藝出版社也於二〇〇〇年出版了莒哈絲十五冊的作品。此外，胡小躍還譯了米歇爾·芒索（Michèle Manceaux）的《閨中女友》（*L'amie*）於作家出版社出版；袁筱一則翻了因本書而獲獎勞拉·阿德萊爾（Laure Adler）

的《杜拉斯傳》（*Marguerite Duras*），由春風文藝出版社出版。在台灣，聯經出版公司出的有關莒哈絲作品繁體字版最齊全，當然勞拉・阿德萊爾的《杜拉斯傳》亦不容錯過。

於莒哈絲百年誕辰撰寫此稿，並非來湊熱鬧，而是要看門道，除對這位二十世紀最具個人魅力的法國作家女作家致敬，並更進一步發掘她的文字之美。

作者的作品，經常以愛情為主題，且具頗固定的方程式：厭倦→等待→邂逅→窺視→吸引→靈肉交融→不可能的愛。「不可能」的原因不外乎種族的不同、貧富的差距或身分的懸殊。《廣島之戀》、《情人》或《印度之歌》亦若是。

而也有人將其作品劃入「新小說」，理由如下：

1.故事往往時空交錯，還可能同時發生數個事件，加入停頓、留白，令讀者不得不自己思考它的來龍去脈，充滿現代主義的風格。

2.書中某些人物沒有姓名，僅以陰、陽性代名詞表示，若漫不經心閱讀，極易造成人、物的混淆。

3.在敘事時，主角（尤其是女主角）有時使用第一人稱，拉近了與讀者的關係；但有時又使用第三人稱，似乎欲將讀者拉回現實。

4.作者採跳躍式思考，忽而離題，忽而倒敘，連句子都常用省略句、條件句。

5.重新組合，破壞句法卻饒富詩意，作者則稱之為類意識流「流動的書寫」。

不過，在接受德拉・托雷的訪談裡，莒哈絲堅持與娜塔莉・薩洛特、阿蘭・霍格里耶、克勞德・奧里耶、克勞德・西蒙等「新小說」派作家切割，她認為他們太知性了，而作者並不想堅持某個文學理論或要教育讀者的念頭。反之，莒哈絲擅長以對白帶動故事的發展，娓娓訴說，或許這就是她也寫劇本和電影腳本的原因；而有些導演也會用她的作品為藍圖，以影像藝術呈現給觀眾。

有人指責莒哈絲的作品不斷地重複某些主題，只不過將舊作品重新修改、重組、放大，了無新意，根本缺乏想像力。其實，許多作家都常保有自己一定的風格，有時也會以其他作家為師，莒哈絲就不諱言，她喜愛海明威的對話、拉法葉夫人對愛的剖析，以及盧梭的告白方式。

她迷戀於記憶的探索與追尋，虛實交雜，形成一幅撲朔迷離的景象，於是作品便從中湧現，「印度系列」就是最佳的例子。它包括《勞兒之劫》（一九六四）、《副領事》（一九六五）、《愛》（一九七一）、《恆河女子》（一九七三）、《印度之歌》（一九七三），皆由伽利瑪出版社發行；而後者是其中唯一的劇本。它們就如同永無止歇的吊扇，左右擺晃，象徵生命輪迴、夢魘連連。

一提到印度，便很容易勾起人們無限的殖民想像：林木蓊鬱的熱帶雨林中，散發著悶熱的濕氣，白色寬敞的殖民宅邸，頭纏有白色頭巾的印度僕役穿梭其間，殖民地的白人對當地人的困苦生活視若無睹，但又和歐洲產生無可名狀的疏離……《印度之歌》場景設在加爾各答法國史館以及印度洋小島上的別墅，然而這並非故事發生的地點。

一開始，故事由四個未現身的聲音交互敘述，它們時而充滿慾望，時而懷著恐懼，又摻雜著懷舊之情，有如內心的低吟、痛苦的嘶喊、含糊的夢囈交織而成的序曲，記憶又不斷重組、修改、

插畫 / 楊力龢

去蕪存菁……舞台指示老是出現停頓、靜默、沒有回應，句裡行間充滿空白、遲疑、斷斷續續，似乎正拼湊著遙遠的恆河故事。再加上背景裡夾雜賓客的耳語、嘆息和臆測，又有鳥叫、犬吠、笛鳴、印度市井的喧囂、叫賣、陌生的亞洲語、熱帶豪雨聲、海浪聲、啜泣、叫喊與狂笑穿插其中……好一個「眾聲喧嘩」。

另一廂慵懶的《印度之歌》貫穿全劇，中間亦穿插了《風流寡婦》、《美妙時光》、貝多芬十四號變奏曲；有聲樂、鋼琴、小提琴各種西方傳統音樂，也有印度西塔琴、沙凡那凱特的《乞兒之歌》；而舞會的場景，只見白人衣香鬢影、觥籌交會，伴著狐步、探戈、藍調舞曲。整齣劇具音樂性與節奏感，還有斷斷續續的敘述及緊接著對話的陣陣寂靜，增添了一股新語境和荒蕪感，令愛情更顯飢渴。黛芬・賽瑞格（Delphine Seyrig）在《印度之歌》中飾演大使夫人安娜瑪麗・史特德兒，恰如其分，她的儀態優雅，音調抑揚頓挫，變化萬千，難怪莒哈絲光在電話上跟她說過話，就選定了她。而珍妮・摩露（Jeanne Moreau）歷經滄桑略帶沙啞的吟誦聲，也為《印度之歌》增色不少。

莒哈絲亦曾提起拉法葉夫人的《克萊芙王妃》：「王妃和納穆爾公爵的沉默可以說是愛的沉默。他們之間一直都缺乏交談，然而，說話，只是表達慾望的一種欠缺力道又錯誤的手段。不過，沉默的曖昧性放大了並吊住了激情的分分秒秒……」②於是，看與被看往往挑撥了每個人的心弦，懾住了當事者的心靈。著白衣的副領事沉溺於對大使夫人的愛慾，無法自拔，因想要卻無法獲得而失望地吶喊，卻眼睜睜地見心儀的人奔向大海；女主角則如菲爾德、昂朵瑪格、貝蕾妮絲，是個被愛給淹沒的殉道者，身穿黑色袍子，最後走向印度洋，尋求愛的解脫。

《勞兒之劫》則可說是偷窺的代表作：勞兒一開始就目睹未婚夫麥克・理查遜和安娜瑪麗・史特德兒的邂逅，後來又因其身陷不自覺的慾望中，希望情侶之間的愛戀無止盡的纏綿下去，這便注定她永遠扮演旁觀者的角色。再者，她又窺視雅各・霍德與塔佳娜・卡爾二人的邂逅，她又是在場旁觀激情的第三者。

總之，莒哈絲的文字簡潔，對話直白，一向尋求最基本的原始敘述，但遣詞用字十分精準。作者讓句子透露線索，並預留給讀者或觀眾許多想像空間，所呈現的畫面，色彩以黑白為主，十分乾淨，她並開發人們的聽覺、視覺、觸覺、嗅覺（薰香、骨灰罈的氣味），令整個感官系統都活躍起來。七十歲時因《情人》榮獲法國文學最高殊榮龔古爾獎，跌破眾家眼鏡，因為傳統上它都頒給年輕作家以鼓勵他們從事文學創作，這或許也算是開啟了大家評判此獎的新方式。

註

① 樂奧伯狄娜・帕羅塔・德拉・托雷（Leopoldina Pallotta della Torre）（繆詠華譯），《懸而未決的激情：莒哈絲論莒哈絲》，台北：麥田，2013，p.24-25

② Ibid, p.94

阮若缺

輔仁大學法文學士、美國賓州州立大學法文碩士，以及巴黎第三大學戲劇博士。曾擔任政治大學外語學院副院長、中華民國法語教師協會祕書長。現為政治大學歐洲語文學系教授、台灣法國文化協會理事會及台灣法語譯者協會主要成員。二〇一四年獲頒法國政府「法國教育榮譽騎士勳位」。

Le Ravissement de Lol V. Stei

《勞兒之劫》

選　摘

塔佳娜將病因追溯得更早，甚至早於她們的友誼。它早就孵在那裡，孵在勞兒．V．施泰茵身上；因為一直有來自家庭、以及之後來自學校的呵護關愛包圍著她，才沒有破殼而出。她說，在學校裡，並且也不止她一個人這樣想，勞兒的心就已經有些魂不守舍——她說：那兒。她給人的印象是勉為其難地要做出某種樣子，卻又隨時會忘記該這樣去做，而面對這樣的煩惱她又能泰然處之。溫柔與冷漠兼而有之，人們很快便發現，她從來沒有表現出痛苦或傷心，從來沒有看到她流出過一滴少女的淚。塔佳娜還說勞兒．V．施泰茵長相漂亮，在學校裡很搶手，儘管她像水一樣從你的手中滑落，然而你從她身上抓住的那一點點東西也是值得付出努力的。勞兒很風趣，愛開玩笑，也很細緻，儘管她自己的一部分總是與你遠離，與現在遠離。遠離到哪裡呢？到少女之夢中嗎？不是，塔佳娜說，不是，可以說還沒有任何著落；正是這樣，沒有任何著落。是不是心不在焉呢？塔佳娜倒傾向於認為，也許實際上勞兒．V．施泰茵的心根本就不在——她說：那兒。心有所屬，那是遲早要來到的，可是她，目前還沒有經歷到。是的，看來在勞兒身上，感情的這個區域與別人不大一樣。

傳言勞兒．V．施泰茵訂婚的時候，塔佳娜對這個消息半信半疑——那個被勞兒發現又吸引了她全部注意力的人，是誰呢？

當她認識了麥克．理查遜並且見證了勞兒對他的瘋狂激情後，她動搖了，但還是有所疑慮：勞兒難道是在為她那顆殘缺不全的心安排歸宿嗎？

我問她，後來勞兒的瘋狂發作是否證明她自己弄錯了。她重複說不，在她看來，她認為這一發作與勞兒從一開始就是合為一體的。

我不再相信塔佳娜所講的任何東西，我對任何東西都不再確信。

以下，自始至終所述，混雜著塔佳娜．卡爾所講的虛實莫辨的故事，以及我自己有關T濱城娛樂場之夜的虛構。在此基礎上，我將講述我的勞兒．V．施泰茵的故事。

十九年前的某一夜，我不想知道得比我所說的更多，或差不多一樣多，也不想以編年作用以外的方式去了解，即便其中隱含著使我得以認識勞兒．V．施泰茵的某個神奇時刻。我不願這樣，是因為勞兒青少年時期的生活在這個故事中的出現，有可能在讀者眼中會削弱這個女人在我的生活中沉重的現實存在。因此，我要去尋找她，抓獲她，在我以為應該去這樣做的地方，在她看起來開始移動向我走來的時候，在舞會最後的來客——兩個女人——走進T濱城市立娛樂場舞廳大門的那一時刻。

樂隊停止了演奏，一曲終了。

人們緩緩退出舞池，舞池空無一人。

年長的那個女人遲疑片刻，環顧大廳，然後轉過身來朝陪著她的年輕姑娘微笑。毫無疑問，兩人是母女。兩個人都是高個子，一樣的身材。但如果說那年輕姑娘在適應自己的高挑身材和有些堅硬的骨架上還略顯笨拙的話，這缺陷到了那母親身上卻成了對造物隱晦否定的標誌。她那在舉手投足、一動一靜中表現出的優雅，據塔佳娜說，令人不安。

「她們今天上午在海灘上。」勞兒的未婚夫麥克．理查遜說道。

他停下來，剛看到了新的來客，然後他將勞兒拖向酒吧和大廳盡頭，有著綠色植物那裡。

她們穿過了舞池，也朝這同一個方向走來。

驚呆了的勞兒，和他一樣，看到了這個風姿綽約的女人帶著死鳥般從容散漫的優雅走過來。她很瘦，大概一直這樣瘦。塔佳娜清楚地記得，她纖瘦的身上穿著一襲黑色連衣裙，配著同為黑色的絹紗緊身內襯，領口開得非常低。她自己如此穿戴打扮、以身材示人，她如其所願，不可更改，她身體與面部的奇妙輪廓令人想入非非。她就是這樣出現，從今以後，也將這樣死去，帶著那令人慾火中燒的胴體。她是誰？人們後來才知道：安娜瑪麗．史特德兒。她美麗嗎？

她多大年齡？她有過什麼經歷，這個不為人所知的女人，是通過什麼神祕途徑達到了這樣的境界，帶著快樂且耀眼的悲觀厭世，輕如一粒灰塵的慵散，不易覺察的微笑？看來，唯一使她挺身而立的，是一種發自身心的果敢。但這果敢也是優雅的，和她本人一樣。二者信步而行，無論走到哪裡都不再分離。任何東西都不再能夠觸動這個女人，塔佳娜想到，任何東西都不再能夠，任何東西……除了她的末日，她想。

她是否行走時順便看了麥克．理查遜一眼？她是否用在舞廳裡的那種視而不見的目光掃了他一眼？人們不可能知道，因而也就不可能知道我講的勞兒．V．施泰茵的故事什麼時候開始：她的目光——走到近處人們會明白，原來這一缺陷源自她的瞳孔那幾近繁重的脫色——駐落在眼睛的整個平面，很難接收到它。她的頭髮染成棕紅色，燃燒的棕紅色，似海上夏娃，但光線反而會使她變醜。

她從他身邊走過時，他們互相認出來了嗎？

麥克．理查遜向勞兒轉過身來，邀請她跳他們畢生在一起的最後一支舞的時候，塔佳娜．卡爾注意到他面孔蒼白，佈滿了驟然而至的重重心事，於是她明白他也看到了這個剛進門的女人。

勞兒無疑注意到了這一變化。她好像是不由自主地來到他面前，沒有對他的懼怕也從來沒有懼怕過他，沒有驚奇，這一變化對她並不陌生——它是麥克．理查遜這個人身上所固有的，它與勞兒到目前為止所了解的他有關。

他變得截然不同了，所有人都能看出來。看出他不再是大家原以為的那個人。勞兒看著他，看著他在轉變。

麥克．理查遜的眼睛閃出了光亮，他的面部在滿溢的成熟中抽緊，上面流露著痛苦、古老的、屬於初世的痛苦。

一看到他這樣，人們就會明白，這個世界上沒有任何東西、任何言詞、任何強力能阻止得了麥克．理查遜的變化，現在他要讓這變化進行到底。麥克．理查遜的新故事，它已經開始發生了。

從親眼目睹這一幕並確信無疑地看來，並沒有伴隨著痛苦在勞兒身上出現。

塔佳娜發現勞兒也變了。她窺伺著這一事件，目測著它遼闊的邊際，精確的時辰。如果她自己不僅是事件的發生也是事件成功的動因，勞兒不會如此著迷。

她又和麥克．理查遜跳了一次舞，這是最後一次。

那女人現在一個人，與櫃檯稍有些距離，她的女兒與舞廳門口處的一群朋友聚在一起。麥克．理查遜向女人走去，情緒那樣激動，人們都擔心他會遭到拒絕。勞兒遲疑地楞在那兒，她也在等待。女人沒有拒絕。

他們走進舞池。勞兒看著他們，像一個心無旁騖的老婦人看著自己的孩子離開自己，她看上去甚至還愛著他們。

「我應該請這個女人跳舞。」

塔佳娜清楚地看到了他以新方式行動，前進，像受刑一樣，鞠躬，等待。女人輕輕皺了皺眉頭，她是否也認出他來，僅僅因為上午在海灘上看見過他？

塔佳娜待在勞兒身邊。

勞兒本能地與麥克．理查遜同時向安娜瑪麗．史特德兒的方向走了幾步。塔佳娜跟著她。這時她們看到了女人微微張開嘴唇，什麼也沒說，驚奇地看著上午見過一面的這個男人的新面孔。待她投入到他的臂彎中，看到她突然變得舉止笨拙，因事件的促發而表情愚鈍、凝滯，塔佳娜就明白，他身上剛才的慌張也傳染給她。

勞兒回到了酒吧和綠色植物後面，塔佳娜跟著她。

他們跳了舞，接著又跳了舞。他，目光低垂到她脖頸後裸露的地方。她，比他矮些，只看著舞廳的遠處，他們沒有說話。

第一支舞跳完的時候，麥克·理查遜像往常一樣走到勞兒身邊，他的眼中有種對援助、對默許的懇求。勞兒向他微笑。

隨後，接著的一首曲子跳完時，他沒有回來找勞兒。

安娜瑪麗·史特德兒與麥克·理查遜再沒有分開過。

夜深了，看起來，勞兒所擁有的痛苦越來越少了，好像是痛苦沒有在她身上找到駐足的地方，好像她忘記了愛之痛的古老代數。

晨曦將至，夜色退盡的時候，塔佳娜注意到他們都老了許多。儘管麥克·理查遜比這個女人年輕，但他也達到了她的年齡並且他們三個——還有勞兒——一起增加了許多年紀，有幾百歲，增長到了沉眠在瘋人身上的那種年紀。

在這同一時辰，他們一邊跳著舞，一邊說著話，幾句話。舞曲間歇，他們繼續完全沉默，並排站著，與眾人保持距離，一成不變的距離。除了他們的手在跳舞時交疊在一起外，他們沒有比初次相見時更多接觸。

勞兒一直待在事件發生時，安娜瑪麗·史特德兒進門時她所處的地方——在酒吧的綠色植物後面。

塔佳娜，她最好的女友，也一直在那兒，撫摸著她放在花下的小桌子上的那隻手。是的，是塔佳娜在這整整一個夜晚，對她做著這一個友好的動作。

黎明時分，麥克·理查遜用目光向大廳深處尋找某個人，他沒有發現勞兒。

安娜瑪麗·史特德兒的女兒早就離開了。看上去，她的母親既沒有注意到她的離去，也沒有注意到她的不在場。

勞兒大概和塔佳娜一樣，和他們一樣，都還沒有留意到事物的另外一面：隨著白日到來，一切都將結束。

（王東亮翻譯，《勞兒之劫》，聯經出版公司。）

蔡淑玲

勞兒之劫

1964

竭劫——愛的複身

莒哈絲，竟然要過一百年紀念了！為了這三千字，重讀《勞兒之劫》。書，不知什麼時候會重讀。回到原點，是為了新的領悟展開新的視角，創造新的語調。一切新的即是對舊的重新認識，事過境遷，感謝有機會重讀，重讀這個重回原點的故事，重新體悟悲喜之外生命的能量。我之前的閱讀，難免有點陷泥，陷泥在荒蕪的概念和語調，陰鬱沉重。今日重讀，竟在其中讀到許許希望，讀到在陰鬱底層暗自跳動的喜悅，沉靜的新生如春日無聲的芽萌。

曾經我這麼讀：莒哈絲的廢墟美學由如魔如謎的女子帶開，往往歷經突來的災難、意外事件，剎那間墜落至文明的背面，不可捉摸、難以想像的另一面。在那裡，主體的自主性、完整性、歷史性都遭逢威脅。《勞兒之劫》①裡的勞兒——莒哈絲書中所有女人的原型轉譯著「荒蕪」無可名狀的存在：

「我書中所有的女人不論年齡大小都源自勞兒，或說源自某種自我遺忘。」一場舞會來了一個黑衣女子，降魔般把勞兒的未婚夫當場攝走，從此消失無蹤。當場一聲竭力的叫喊，勞兒頓時像被劫走了魂魄，剩下的軀殼在無止境的時空裡，彷若睡眠狀態中流放，墮入莫名所以的愛欲追尋。之後，代表「自我」的名字從Lola Valerie Stein 簡縮為Lol V. Stein，以至續曲《愛》裡的「她」。再從電影《恆河女子》的L.V.S 轉到《副領事》隱身於黑衣女與未婚夫的故事背景裡，之後再度出現，變成《印度之歌》劇本裡「聲音」複誦傳說中的那個「年輕女人」。〔…〕

從《勞兒之劫》、《愛》、《副領事》、《恆河女子》、《印度之歌》延續而成的「印度系列」，是原點無止盡的回歸；以無名的身體與形式無限地重複愛情／荒蕪永恆的運動，如寫作。勞兒的原點是本源的佚失；蠻荒之中神話潰決，人生真實猶若虛構。但那裡，又是愛的創世，神與人的中界，傳譯的空間。荒蕪即是愛；瘋魔，即是愛；貧困與豐饒共同的孩子。荒蕪之處，莒哈絲寫作。如傳譯人神之間的「魔」。〔…〕寫作之荒蕪如烏托邦之不可抗力，是一種災難

插畫 / 楊力龢

經驗，遁入末世與創世之間，上帝的神聖與凡人的平庸之間，遁入魔的狀態。對莒哈絲而言，書寫荒蕪即書寫作家如著魔的存在，不得不然的存在，寫作之不可抗力。

轉譯荒蕪，回返原點，是為了心中永恆期盼的正義，或說愛，道盡一切的字。在系列漫游的盡頭，莒哈絲是否收束了所有情節演展和句子結構，只為找到一個道盡一切生命本相的字？

Le Ravissement de Lol V. Stei

書，一旦擁有，隨時可以重讀。這一次，有個字跑出來 prostration（衰竭），逼我查字典。三個解釋，微調了我對《勞兒之劫》的體悟。

1. 向午。

2. 五體伏地。

3. 身心遭受極度打擊，以至於失去行動力，自我封閉的狀態。

勞兒的prostration（竭）是個主題，跟ravissement（劫）倚著緊密的關聯。從第三個意思解釋，當年舞會上眼睜睜看著未婚夫當眾被另一個女人攝走，這劫當場令她昏厥，身心幾乎完全衰竭，創傷後被痛苦擊倒自我封閉，極度地憂鬱。勞兒之竭／劫變成整個城鎮茶餘飯後的話題，挑起敘述者「我」Jacques Hold企圖解讀的慾望。一個故事，好幾個版本，左鄰右舍七嘴八舌討論著勞兒的prostration（竭）：一定是痛苦過了頭，怎麼看起來那麼年輕？勞兒閨密塔佳娜卻說：勞兒的prostration更早於舞會，十五歲在學校時她就這樣了，彷彿前世就跟來的心不在焉，一種沉靜的與世無爭或事不關己。大家都猜，那樣冷漠的心，有誰能碰觸？可是敘述者「我」不這麼認為，太引人好奇了，如何解讀勞兒的prostration？「我」Jacques Hold甚至變成她閨密塔佳娜的情人，身心都被牽動著，就為了解讀勞兒之劫的謎。

創傷的原點？還是生命的原點？原點變成了一片沙漠。女子如丐，永不耗竭的浪遊。難道莒哈絲的經典只能如是提供生命的智慧？

女子如丐如水的浪遊，從一個作品穿梭到另一個作品。作品與作品之間層疊的時空疆界反射出生命在不同鏡面下的差異狀態。但浪遊總會回到原點。從印度系列的時間回轉浩劫點，或耗竭點，就像回歸午，午時，對著神聖未知的終點或起源，五體投地大禮拜。太陽正炙，水枯竭，白晝與黑夜相對的頂點。天行健，永恆回歸的起點，亦是意識被佔據的最高點，思想強度最熾熱也最衰弱的時刻。處在劫點上，生命本體與生活的衍展之間考驗著平衡的力道。這個劫點，是內在生命能量發光的時刻，從動而靜，由靜而動。「我們將在吉時良辰到達一個陽光普照的地區，陽光使海灘空落清寂，將是中午時分」，他們回到當年舞會的場地。

勞兒回到原點，真的是因為舞會的創傷嗎？決定回去，其實是為了一張相片，整理房間時無意間發現的一張舊照片，一張跟塔佳娜年輕時在學校拍的一張相片。當時十五歲。生命瞬間被記錄下來的影像。絕對的影像是否能說明自我的本相？生命的本相？十年後重逢，談起當時的場景，塔佳娜說：我看到妳對著他們微笑，妳並沒有因為他們受苦，妳沒有受苦。勞兒回答：是啊，既然變了，就應該離去。

回到原點，是因為發現，這故事主角不是只有勞兒，塔佳娜，這位黑髮姐妹，這個渾身散發愛慾氣息的「婊子」，也是主角，暗暗地影響著雪白勞兒扮演的賢妻良母。或許可以說塔佳娜喚醒了勞兒那被隱沒的生命原點，那黑髮下的裸，那黑髮下的裸，重複了好幾遍的句子，隱隱指涉著和亞當平起平坐的女子，先於夏娃的第一個女子被逐出天堂的魔，既是死亡的盡頭，亦是生命的源頭。

勞兒回來，是為了使源頭顯現。當敘述者「我」塔佳娜的情人又一眼愛上她，歷史重演。一眼，改變了之前累積的全部。決定回去的勞兒或塔佳娜其實是一樣的，和那攝走了未婚夫的安娜瑪麗．史特德兒一樣，共同演繹著深層的認同。內在無形無名的同一，無數的名，無數的存在形式，以「她」的肉身顯現。「她」，給了自己兩個名字：Tatianan Karl et Lol.V. Stein，再加上到處惹情上身的安娜瑪麗．史特德兒，三個名字，一個本體，生命如水，緣起緣滅，分合愛恨，死生不息。勞兒總夢到另一個時空，在彼，一樣的事件重複出現。人生如夢，方覺塵世沒有辦法演練絕對的愛，但又不能不愛。愛是什麼？或許就是這個字的有形所指涉的無形？

於此大夢初醒。勞兒狂喜，開始餓了吃東西。只因生命本相如水，水無形。生命本來如水無形。印度系列裡的女子，都如水，各式各樣水的狀態，各式各樣，都一樣，是水，原點無形。或許正因本無形，所以變成禍水。女子變成女子的禍水。

但莒哈絲只為女子而寫嗎？其實書裡的每一個男子都因水的波動而動：勞兒的未婚夫，之後的丈夫、塔佳娜的先生、塔佳娜的情人敘述者「我」，每一個男人都因女子如水的流動，遇劫。若繼續聯想到在另一本故事裡為安娜瑪麗．史特德兒自殺的副領事，因情動遇劫的人，不分男女。在生命的變動中，或許真的要在生命感悟到原點時，方才看到每個人，只是各自為了某個人，扮演著某個角色。受困在角色中，迷戀著自己的影像，卻忘卻了內在無形的真實。遇劫，或許並非絕對的劫難，而是內在真實瞬間大於現實的凸現。從水的狀態來看，只是凡事有時，永恆回歸，復歸於午。於午，五體伏地。

版本是時間的影像，歷史的影像，影像彼此互證，彼此消抹。回憶的重複，演展了兩個層次的時間：線性的歷史時間，還有永恆回歸原點的輪迴。每次回歸原點，或說節點，或單說劫。情境的調動雖往往出人意外，卻有機可循。往往造成變動的真正原因，並非外來的刺激，而是內在的凸現。內在真實的凸現，微調著生命不斷模糊游動的輪廓。勞兒的愛情故事，不單是情傷創傷，而是現代俗世裡上演的創世神話。

註

①之前，ravissement（ravishing）一般總草率或為了情調譯為：「迷醉」，枉顧莒哈絲一字多義的準確性。王東亮譯為「劫」，在中文裡保留了難得的雙重涵意：「除了威逼、脅迫、搶奪、強取、盜賊、劫匪等，也有源自西天印度表示時間，卻又早已超越時間概念的蘊涵。佛教名詞，梵文kalpa的音譯「劫波」的略稱，意為極久遠的時節……。」（〈名可名，非常名，譯本修訂後記〉上海譯文2004: 234）

蔡淑玲

美國威斯康辛大學麥迪遜校區法國語言與文學博士，曾獲選美國康乃爾大學人文學社會士（fellow 2009-2010），曾任法國里昂第三大學跨文化跨文本研究所客座教授，淡江大學法國語文學系系主任和研究所所長，目前任教於中央大學法國語學系，研究專長為文學批評與當代思潮、法國十九世紀與廿世紀文學。專書著有《現代性試驗》（*L' épreuve de la modernité*）與散文評論《追巴黎的女人》、法語教材 Vis-à-Vis 等。

巴黎紀念莒哈絲誕生100年直擊

劉信君

集作家、導演、編劇及記者於一身，瑪格麗特．莒哈絲用她細膩、簡潔而幽微的筆觸，刻劃了一段段神祕而絕望的禁忌愛情以及其波瀾壯闊的一生。

一九一四年四月四日出生於法屬印度支那嘉定，直到十八歲回母國就學，莒哈絲至此未曾再踏上越南的土地，但西貢的風情和湄公河畔的記憶卻始終是她的靈感來源，滋養著她的寫作，也成就了她的獨樹一格。一九八四年，莒哈絲推出半自傳體小說《情人》，甫出版便造成藝文界的轟動，並一舉拿下法國文壇的最高榮耀——龔古爾獎（Prix Goncourt）。她一生著作等身，四十餘本小說及十餘部劇作，迄今仍深深影響法國乃至全世界的讀者。

今年適逢莒哈絲百年誕辰，巴黎各區均舉辦各式研討會、辯論、展覽、電影放映和戲劇演出，向這位二十世紀最具魅力的女性作家致意。

莒哈絲的亞洲：放逐於真實及虛構之間

五月十五日在巴黎十六區的熱梅娜．蒂莉翁圖書館（Bibliothèque

莒哈絲圖書館大門口

莒哈絲圖書館內展出莒哈絲的著作

莒哈絲圖書館內的影音互動區播出莒哈絲的影像

Germqine Tillion）邀請觀眾免費入場觀賞紀錄短片《莒哈絲最後的情人》（*La Fadeur Sublime…de Marguerite Duras*），映後並舉辦見面會，兩位導演暢所欲言對莒哈絲的認識以及思念。導演讓－馬克・杜林（Jean-Marc Turine）是莒哈絲和其前夫的密友，曾經與他們一同執導《孩子們》（*Les Enfants*），亦多次替莒哈絲拍攝紀錄片。另一名導演維奧蘭・德維利爾（Violaine de Villers）則擅長政治領域的長片，關注的議題包括猶太和盧安達的種族屠殺。

本片係由莒哈絲於一九七六年所撰寫的〈面黃肌瘦的孩子〉（*Les enfants maigres et jaunes*）一文為出發點，探討莒哈絲在印度支那的青春歲月，造就她終其一生在雙重語境、個人身分和文化認同上的迷惘、追尋及放逐。此片亦由莒哈絲的兩位好友做見證：曾為莒哈絲的電影《印度之歌》（*India Song*）譜曲的作曲家卡洛斯・阿來修（Carlos d'Alessio）出生於阿根廷，後定居巴黎。在《印度之歌》飾演副領事的著名演員麥可・朗斯代爾（Michaël Lonsdale）的父親是英國人，母親是具有愛爾蘭血統的法國人，卻在摩洛哥度過他的少年時光。這三位電影的核心人物擁有共同的記憶：失根。

莒哈絲的寓所：從印度支那到聖伯諾瓦街

為慶祝莒哈絲的百年誕辰，莒哈絲圖書館特例展出六十餘張莒哈絲於不同寓所所攝的珍貴照片。這些照片多是由其子，同是攝影師的讓・馬斯科羅（Jean Mascolo）以及紀錄片《莒哈絲的寓所》（*Les Lieux de Marguerite Duras*）的導演蜜雪兒・波特（Michelle Porte）提供。

莒哈絲的寓所不僅見證她日常生活的軌跡，更實際參與了她的創作。

生長於法屬印度支那，中南半島的風景深深烙印在莒哈絲的心底，濕潤而溫暖的南國氣息亦忠實呈現在她的作品《太平洋防波堤》（*Un Barrage contre le Pacifique*）及《情人》（*L'amant*）中。莒哈絲後定居巴黎，遷入聖傑曼德佩區（Saint Germain des-Prés）的聖伯諾瓦街（Rue Saint-Benoît）五號，直至一九九六年與世長辭，莒哈絲在那裡度過悠悠五十四載，泰半作品在這裡孕育而成。此外，巴黎近郊府邸的花園和池塘以及諾曼第黑石行館（Roches Noires）的濱海景致都曾經啟發莒哈絲的創作，也多次在莒哈絲執導的電影中入鏡。

莒哈絲的童書：《啊！埃內斯托》

你知道莒哈絲也出過童書嗎？《啊！埃內斯托》（*Ah! Ernesto*）是莒哈絲唯一一本為兒童量身打造的讀本，也無疑是她最鮮為人知的作品。

一個名為埃內斯托的七歲小男孩，不願意回到學校，因為在學校「他們教我我不知道的事情」。他的父母決定去學校見他的導師，告訴她埃內斯托的決定。透過導師、父母以及男孩三者間意義深遠的對話，莒哈絲鼓勵孩童在無拘束的情況下從各種不同的管道自由自在地學習，並指出孩子學習說不與獨立思考的重要性。

新版《啊！埃內斯托》書封

莒哈絲圖書館展出「莒哈絲的住所——從印度支那（越南昔稱）到聖伯諾瓦街（位於巴黎）」（Lieux de Marguerite Duras—De l'Indochine à la rue Saint-Benoît）攝影展。

二〇一四年恰逢莒哈絲百年冥誕，蒂埃里．瑪尼耶（Thierry Magnier）出版社重新發行此書。新版童書由曾獲德國青少年文學獎圖畫書獎的法國兒童繪本作家凱蒂．古萍（Katy Couprie）親自操刀，賦予這本長期被世人遺忘的作品新的生命。古萍不願逐字逐句「翻譯」童書的內容，因此全書不見任何關於埃內斯托、父母和老師四位要角的形象。相反地，古萍利用色彩鮮明的圖像，喚起孩子們對於知識的好奇及想像。

三月二十七日至六月一日，在巴黎二十區的莒哈絲圖書館，展出這次跨時代、跨領域的合作，包含莒哈絲的構思手稿、文件和照片以及古萍饒富趣味的嶄新詮釋。

圖片攝影／余欣蓓

劉信君

二十五歲，政大歐語系法文組畢。歐洲遊牧民族，在法國，西班牙和英國念書，流浪，但台灣永遠是思思念念的家。

Marguerite 情慾人生大事記

瑪格麗特·莒哈絲

Duras

1914-1996

莒哈絲年表 & 世界大事記

年份	莒哈絲年表	世界大事記
1914	▽瑪格麗特・莒哈絲（Marguerite Duras）（本名瑪格麗特・潔爾嫚・瑪麗・道納迪厄 Marguerite Germaine Marie Donnadieu）於四月四日出生於印度支那（Indochine）嘉定市（Gia-Dinh）。	▽第一次世界大戰爆發。
1918	▽第一次性體驗。（《物質生活》書中敘述四歲時與莒哈絲母親招收的寄宿生的性體驗）	▽第一次世界大戰結束。
1924	▽六月回西貢（Saigon），十二月回永隆（Vinh Long）。	▽一月二十五日，第一屆冬季奧林匹克運動會在法國的夏慕尼（Chamonix）舉行。
1929	▽到西貢的夏瑟魯普—洛巴中學（Collège Chasseloup-Laubat）就讀，同年底與中國情人相遇。（參見56頁）	▽梵蒂岡獨立。十月底美國華爾街股市崩盤，進入經濟蕭條時代。
1936	▽認識羅伯特・安泰爾姆（Robert Antelme）。	▽中國發生西安事變。
1938	▽六月分進殖民部（ministère des Colonies）當助理。	▽德國入侵奧地利。九月分德、義、英、法四國首相在慕尼黑召開會議，簽署慕尼黑協定。
1939	▽九月分同羅伯特結婚。	▽第二次世界大戰爆發。

整理

陳柏蓉

生於台北。畢業於淡江大學法國語文學系碩士班。喜歡文學，在接觸《情人》一書後便深深醉入其文字漩渦之中。

▽十一月時辭去殖民部的工作。	1940	▽法總理貝當（Henri Philippe Pétain）向納粹德國宣布投降。日軍佔領印度支那。
▽發現懷孕。	1941	▽納粹德國對蘇聯宣戰，蘇德戰爭爆發。
▽出版第一本小說《厚顏無恥的人》（*Les Impudents*）。同年生子，但孩子甫出世即夭折。和羅伯特一同加入抵抗組織，同年與密特朗（François Mitterrand）會面。七月分進入書籍委員會工作。十一月時與迪奧尼斯・馬斯科羅（Dionys Mascolo）相遇。同年底，收到小哥哥保羅（Paul）辭世的消息。	1943	▽中、英、美三方於埃及舉行開羅會議。
▽加入法國共產黨（Parti communiste français，PCF），進入722小組。	1944	▽同盟國登陸諾曼第。
▽與羅伯特共同成立「世界城出版社」（éditions de la Cité Universelle），陸續出版三本書後即倒閉。	1945	▽第二次世界大戰結束。
▽四月二十四日，結束與羅伯特八年的婚姻。六月三十日，與迪奧尼斯的結晶——次子讓・馬斯科羅（Jean Mascolo）又名烏達（outa）出生。	1947	▽台灣爆發二二八事件。
▽十二月時莒哈絲歸還法國共產黨證，次年即遭開除黨籍。（參見62頁）	1949	▽蘇聯成功試爆第一顆原子彈，成為第二個擁有核武的國家。
▽與加斯東・伽利瑪（Gaston Gallimard）簽訂出版合同，並以《太平洋防波堤》（*Un barrage contre le Pacifique*）一書獲龔古爾文學獎（Prix Goncourt）提名。	1950	▽韓戰爆發。

1955	▽出版《廣場》（*Le Square*）。十月分與許多知識分子及藝術家一同在反北非戰爭請願書上簽名。	▽愛因斯坦（Albert Einstein）過世。
1957	▽在《法國觀察家》（*France Observateur*）雜誌上發表第一篇專欄文〈阿爾及利亞人的鮮花〉。	▽法國、西德、義大利、荷蘭、比利時六國於羅馬簽訂了《羅馬條約》建立歐洲經濟共同體。卡繆以《異鄉人》（*L'Étranger*）獲諾貝爾文學獎。
1958	▽在子夜出版社出版《如歌的中板》（*Moderato Cantabile*）。（參見66頁）	▽中國掀起大躍進運動。
1959	▽由莒哈絲編劇，亞倫雷奈執導的電影《廣島之戀》（Hiroshima mon amour）上映。（參見72頁）	▽古巴革命勝利，卡斯楚統治古巴。
1960	▽獲選為梅迪西斯文學獎（Prix Médicis）評審委員。	▽非洲有多達十七個國家獨立，通稱非洲獨立年。
1963	▽接受《現實》（*Réalités*）雜誌專訪。	▽美國總統甘迺迪（John F. Kennedy）遇刺。
1965	▽發現肝硬化。	▽太空人首次成功出艙，進行艙外活動。
1966	▽昔日戀人之一的傑哈・賈洛（Gérard Jarlot）死亡。	▽中國文化大革命，造成嚴重內亂。
1968	▽走上街頭，參與「五月風暴」（Mai 68）學運。	▽五月時，巴黎爆發學生大規模遊行示威運動、而後各公會組織罷工，由學生運動轉變為要求戴高樂總統（Charles de Gaulle）下台的政治活動，法國幾近癱瘓。史稱「五月風暴」。

年份	莒哈絲	世界大事
1975	▽電影《印度之歌》（*India Song*）獲法國藝術電影實驗組織獎（Prix de l'Association française des cinémas d'art et d'essai）。	▽長達二十年來的越戰畫下句點。
1980	▽寄出回覆揚（Yann Andréa）的第一封信。兩人從此有了交集，揚更成為了莒哈絲的最後一位情人。	▽兩伊戰爭爆發。
1982	▽病情惡化，同意就醫。	▽以色列入侵黎巴嫩，屠殺穆斯林難民。
1984	▽《情人》（*L' amant*）出版，並獲法國龔古爾文學獎（Prix Goncourt）。（參見78頁）	▽傅柯（Michel Foucault）逝世。印度民族主義英雄甘地（Mohandas Karamchand Gandhi）遭暗殺。
1988	▽莒哈絲呼吸困難住院，手術後長期昏迷至次年六月才轉醒。陷入嚴重昏迷前的那一年她的玉鐲子因跌倒應聲而碎。（參見84頁）	▽密特朗再度獲選法國總統。蔣經國逝世。
1990	▽五月分收到中國情人早已逝世的消息。十月二十五日，前夫羅伯特逝世。	▽哈伯望遠鏡成功升空。
1992	▽法國電影學者——多明尼克．巴依尼（Dominique Païni），於十一月在法國電影院組織了莒哈絲電影回顧展。（參見90頁）	▽台灣與韓國結束長達四十餘年的外交關係。
1995	▽最後一本小說《一切結束》（*C'est tout*）問世。	▽日本阪神大地震，上萬人死傷。
1996	▽三月三日，莒哈絲病重，逝於巴黎。	▽密特朗逝世。台灣首次總統民選。

▷到西貢的夏瑟魯普—洛巴中學（Collège Chasseloup-Laubat）就讀，同年底與中國情人相遇。

1929

童女．罔兩．神諭

從莒哈絲的書寫談
後殖民羅利塔與怪胎性別的
「越界」愛慾

洪凌

橫陳於湄公河上的至極小慾望物

一九八四年，瑪格麗特．莒哈絲（Marguerite Duras）以七十歲的年紀出版《情人》（*L'amant*）這本夾雜繁複意識流、第一人稱與第三人稱等多重敘述視框、超（額）現實的（類）自傳小說，讓早已熟知這位法國大師級小說家的評論界震驚且驚豔，並以毫不含蓄的鮮烈恣肆風貌網羅殿堂文學讀者陣線之外的更多讀者群，因而成為當年的龔古爾獎得主。此書的得獎激起不少奇妙的爭辯，有種說法是莒哈絲已經是奠定名聲的一線大家，似乎這遲來的桂冠相形褫奪了更新進更年輕的後生小說家之奠基底碑，也有說法是為了這位年長大師不平，認為應該讓她更早期且更「真正具備文學性」的非自傳小說取得此等榮耀。

對我而言，這兩種讀法約略曝露出規範性主流文學的兩種成見（或成規）：「準大師」進階至「大師」的力作（tour de force），必得是去（私己或邊陲）情慾、浸潤於崇高現代主義意識形態，張揚的是去時空、無關乎特定歷史際遇與脈絡的「普遍人類主體」（universal human subject），但通常也無非是規範性的西方正典性別種族階級之排除性階序所幻生而出的「特定人類位置」。再者，此書不但反正統反含蓄地張揚曝獻出作者自身在十五歲不到的年紀，糾纏於家族暗黑撕裂殺欲、毫不政治正確地耽戀迷醉於病態的、反男子氣概的、與十四歲少女形成跨代肉慾張力的中國北方出身頹廢男子，男子與少女之間毫無希望且刻意斷絕「性別／性正確」的描摹，在在觸動、震怒且撩撥了不同的閱讀位置。

我會傾向於將《情人》與七年後出版的《中國北方來的情人》（*L'amant de la Chine du Nord*）閱讀為相互交纏互涉的多軌「變奏」，而非後者修正或覆蓋了前者的前後線性時間序列。莒哈絲既投資了「自傳性」愛情慾望的材料、但也深刻攀入歐亞殖民耽溺性情境的經典書寫。如同愛爾蘭詩人葉慈的詩句：「舞者與舞不可能剝離彼此」，同樣地，不可能無血跡地將皮膚從軀體剝除開來一般，我們必須肯認「自傳／私處」的深邃罔兩內核成就了此書寫的偉大，讓這兩部作品窺探肉身種族憂鬱辯證的奧祕魅力得以成立。敘述的多軌聲音製造且耙梳了乖離、不和諧的罔兩怪胎慾念二部曲，敘事者的視線既是「彼時」（then in the lost pastness），抑是班雅明所中論的「彌賽亞式時間」（the messianic time），並且讓複數（童女的、年長作家的、攪亂直線時間觀之追憶的）凝視綻放，定格於層疊緻密如蛛網的微暈暗處。於是，這些寫滿色情餓意與陰性力量的「聲音與眼睛」侵蝕滲透了規範性異性生殖矩陣所無法抵達之處。

「他的皮膚很柔，柔得像奢侈品。身體很瘦，沒有氣力，沒有肌肉，他可能生過病，還在休養中。他沒有經驗，沒有男子的特徵……他很虛弱，顯得痛苦，像是遭到侮辱。她不望著他的面孔，不正視他。她撫摸他，她愛撫他柔嫩的『那個』，摸他的皮膚，他的『那個』——對她來說，那新奇的、陌生的東西。」

（摘自《情人》75頁，胡品清譯）

在此段落，戴著不合時宜男用禮帽、穿著荒唐金色鞋子的十四歲女孩，如此淋漓盡致地「客體化」了年長她十幾歲的（既是殖民主也是被殖民者的）「中國／男子」；身為超級富豪第二代的虛無頹靡長子，來自遼寧撫順、

莒哈絲的中國情人
繆詠華／攝影

身處於西貢、配備私家轎車與二十四小時隨行司機／隨從的西裝少爺，被作者冷酷如解剖刀又瀰漫鴉片氣味的筆觸組成一幅液態繪像，幾乎等同於此二部曲的「中國」化身。現實人物名字為「李雲泰」（越南名直譯，中國名字是黃水梨）的他，其罔兩性別與破敗華麗的肉身樣貌同時是國族烙印，也是促使這位乖張迷人、極端不合群、貧窮得嚇人的法國少女身處法屬殖民地，經由天時地利人和的耦合性，驅動出跨越「正常」性別年齡種族等介面之征服快意的物質歷史肇源。如此的「征服／耽迷癮」絕對無法從這具既充滿魅惑、卻又不可思議地「酷異」（queer）的非常態男體分割切除，更無法從越南這塊讓雙方都成為「異域陌生客」的地理場景撕裂開來。再者，最離奇也最「自然而然」的是，佔據多重他者位置的男子最觸動怪胎少女的身體能指，取代且借喻了傳統由下體所代言的陽物，就是他那雙蕭索美麗卻受傷殘敗的「異己」之手：

「她不自覺地注意著那隻手。不自覺地捧了起來，就像捧了一件從來不曾如此貼近端詳的東西：一隻手，一隻中國男人的手。瘦骨嶙峋，指節向前弧伸，像是斷過接合似的，沾染著叫人憐惜的殘缺，那優雅細緻，是瀕死的鳥的羽翼。」（摘自《中國北方來的情人》頁40，葉淑燕譯）

（跨）種族的駁雜主體與
（後）殖民畸零暴亂家族史

對於敘事者（與作家）而言，最崇高且最應該被如此深刻屈辱地愛戀的慾望對象，並非任何可隨意尋覓得的男女，只能是那個來自遙遠北國的東方病弱吸鴉片男性，他如同被藥物主控，必須被第一人稱的法國少女與全稱視角的大異己駕馭，而這名瘦小早熟且發育不全的白種少女的短暫終極情愛，無非道盡了拒絕被「穿透幻境」的欲力在族裔體膚所撰述的殘酷物語：不可能互為主體的白種陰性與東方陽性，對調的強者與弱者，幼齡的「恐怖兒童」與陰鬱如日蝕的殘破男性性（wounded male sexuality），只能在雨水淅瀝的越南輪番上演駕馭且擁有的對決與深愛，互為「客體」的絕境與絕對。

宛若性別跨換的色情國族幻境，少女並非寫實地「擁有」了男子，而是透過這個詭譎迷人的病態男性軀體，彷彿堪堪觸及了拉岡精神分析論述所謂的（永不可得的）小客體（objet petit a）。從事件啟動的一九二九年到書寫的一九八四年，「中國」就是那個在肉身凌辱劇場中「被征服了，且慢慢轉化為巨大的快感」的遠東罔兩陽性化身。透過細緻豐富的奇幻寫實（fantastic realism）描繪與閱讀視角，「情人」的種族、性別與肉體攻守顯然不會只是純粹整齊的「反轉」（reversal），更是從種種荒誕不從的身體／讀者屬性之內，招喚出森羅百態的正典歷史意欲排除者：如同遠東贏弱陽性般的所有酷兒陽剛性／別，並非隱喻、而是貨真價實的女童為性愛主宰的（反）羅利塔愉虐小劇場，在中南半島刻印厭世與徒勞冀望的落魄白種殖民者，陰暗濃濁的血緣家庭伊底帕斯之各種戕傷劇碼。

無論是閱讀《情人》或《中國北方來的情人》，讀者的視野最容易聚焦之處，莫過於在極化

莒哈絲和她的母親、大哥皮耶、小哥保羅和三位男僕。

© Collection Jean Mascolo/ Sygma/ Corbis

的法國（非典型美）少女與優柔迷離中國男子之間，經由地理與文化的多層次敷衍所投射的種種吸引力與扞格拉鋸。雖然這組書寫刻意以精簡的語言與稀少人物撐出蒼茫迷亂的時空地景，值得我們留意的是，兩本書以錯綜矛盾（且不時推翻前面敘述）的技巧，不遜於兩名主角的重量與篇幅，鋪陳了一則法國白種貧困家庭被「愛國主義」呼喚到殖民地且一敗塗地的慘澹愛恨內爆故事。始終沒有名字的少女（且不時由年長的小說家代言），直到乘船離開西貢之前，她的踰越情慾實踐不只是和種族與年齡都是醜聞的異族男人，她與家內的各個成員互相形成隨時會非死即傷的日常肉體戰爭狀態。以敘事少女為核心，這個家族包括血緣關係者的母親，大哥與小哥，以及來自暹羅的男僕，甚至延伸至少女視為神奇同性愛狂戀對象的美少女同學！（在書中，莒哈絲以近乎魔幻寫實的筆觸，詳盡交代了這個美少女與敘事主角之間激情又沸騰的怪胎愛慾。）

少女毫無保留深愛著她的小哥，與北國男人邂逅之前，她與小哥之間的親密愛悅同時是性愛的，也是「不分彼此」（un-differentiated）地宛如一對原初雙胞胎，不分你與我，居住於拉岡所謂的「母胎羊水」之想像層（the imaginary）。少女將「譚」這個東方養兄視為另一個應該彼此以肉身的焊接融合來完成家族羅曼史的對象，彷彿處於伊甸園般、尚未受到衣物與禮教污染的蠻荒（前現代）水乳交融欲願。至於在兩本書都以恐怖萬惡（le diabolique）形象出場的大哥，無論是作者、她書中的少女化身、家庭各成員都認定是個「天生的孽障」（套用中國男子的話語，大概就是「妖孽畜生」）；然而，真正曖昧痛楚且讓這些敘述成為「真實層海市蜃樓」的地步，莫過於莒哈絲深切揭發了「恨」的死亡與慾念之渾然一體。揉雜了小混混、未成年惡童（好幾場幾乎要打死弟弟的場景讓我們聯想到的《惡童三部曲》，主人翁踩著血親屍骨前進的義無反顧與恐怖魅力），以及宛如預言（且寓言化）了法國低階白男人殖民者的宿命：隨著沉落的帝國，少女所描繪的大哥並不值得悲憫或同情，但我們必須在字裡行間閱讀他的命運：彷彿

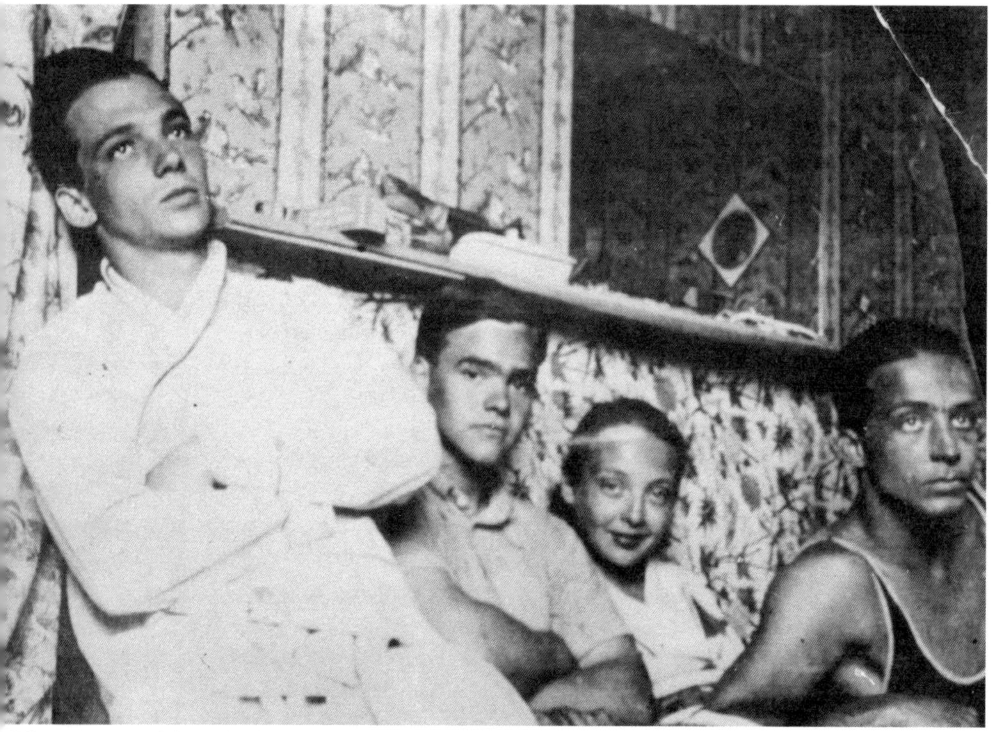

莒哈絲與兩個哥哥及朋友

Collection Jean Mascolo/ Sygma/ Corbis

被屏棄於歷史唯物論之外的自動傀儡，成為「勝利者書寫的歷史」之外的殘餘與排遺。「大哥」日薄西山的沒落與銷亡，所彰顯的不但是他生物身體之死，也是被巨大的自然機器與重新洗牌的歷史版圖徹底抹除殆盡。至於少女的母親，在這兩本書都被作者刻劃得狼狽寒傖的孤自求生女子，倒是可以在莒哈絲的另一部傑作《太平洋防波提》（*Un barrage contre le Pacifique*）見識到另一番面目。不遜於原著，由柬埔寨導演潘禮德（Rithy Panh）執導的電影版，伊莎貝．雨蓓所飾演的主角更是讓人驚豔震懾，足以窺見其堅挺高亢的反叛身姿。在這部堪稱《情人》二部曲前傳的作品，在法屬印度支那時期，由於諸般磨難而淪為國家機器與帝國政體所剝削殆盡的厄運主體，讓這個攜帶子女艱辛生活、長年在西貢擔任小學教師的法蘭西女子成為弔詭的反殖民／反國族戰鬥者。

最初的分離寓言了「沒有終結」的戀人書寫

《情人》起始的某一小段似夢場景，宛若異度現實（alternative reality）的莒哈絲與李雲泰的（超逾現實）之「原真」（the Real）回返：「一九八四年，我夢見自己已經老了，有一天，在一處公共場所的大廳裡，有一個男人向我走來。他主動介紹自己，他對我說：『我認識你，永遠記得你。那時候，你還很年輕，人人都說你美，現在，我特地來告訴你，對我而言，我覺得現在的你比年輕的時候更美，那時你是年輕少女，與你那時的面貌相比，我更愛你現在飽受摧殘的面容。』」

就如同後拉岡精神分析學者齊澤克（Slavoj Žižek）在〈身為政治範疇的愛〉（Love as a Political Category）重新詮釋了革命者切．格瓦拉對愛與革命的宣稱：「人們必須堅忍，變得冷硬強悍，但不會失去溫柔。」在《情人》二部曲與其相關的書寫版圖，作者以少女神諭師的口吻貫穿全局，改寫出殘暴刻骨且以小喻大的邊緣歷史紋理：貧困的白人幼女踩在湄公河的沙岸，攪亂了國族、世代與血緣的倫常規訓，織就出一則繁複錯綜肉身戰爭。這些不合乎歷史常規的人物與鬥爭，在早已註定仳離的寓言時空，彰顯出「愛的神性……也就是說，愛情之所以可能超逾動盪可悲的情愫，癥結在於它的殘酷，它與純粹暴力的連結。」從第一頁划舟回溯一九二九年，直到小說家去世之後、百年誕辰的現今，書寫讓莒哈絲以不生不死的形影活在光電幻景（phantasmagoria）之內。這是一則沒有尾聲的織錦，時間從沙漏流逝又不斷返回，暴戾純烈的愛是沒有起點、沒有終點、不會滅亡也從未取得救贖的永世戰爭。

洪凌

一九七一年生，天蠍座。台大外文系畢業，英國薩克斯大學（University of Sussex）英國文學碩士，香港中文大學文化研究博士，二〇一〇年秋季起，就任國立中興大學「人文與社會科學研究中心」博士後研究員；二〇一三年二月起，就任世新大學性別研究所助理教授。迄今出版多部文學創作與評論文集，獲全球華人科幻小說獎、國家文化藝術基金會文學創作獎助金、台灣文學館台灣文學翻譯出版補助等。

▷ 十二月時莒哈絲歸還法國共產黨證，次年即遭開除黨籍。

1949

莒哈絲的妙計

雙重放蕩的勝利與愉悅

張亦絢

蟾蜍又稱癩蛤蟆，身上的毒是藥材；叛妻嫦娥被變為蟾，因此蟾蜍也與月亮崇拜相連。女巫常有蟾蜍在側。而想到蟾蜍，我就想到瑪格麗特．莒哈絲（Marguerite Duras）。脖頸在她身上極不顯眼，如同幼童般，她的頭與身之間，距離很短：那使你感覺，象徵心智的頭與承載情緒的身體，差不多是一回事：短頸有利她上下兩墩之間，什麼都來回跑得快。當然女性化，但不是任何一種，那同時是自願放逐與千古罪人之姿的女性化。這是一個非常、非常有權力的女人。不，她在世時不總能呼風喚雨——《廣島之戀》的劇本酬勞過低、為了兒子犧牲過創作①——她取得權力的過程，有輸有贏、流血流汗。值得嗎？對她個人而言，未必。因為，這不全是她在世可以享受的——現在一百年，在一百年中紀念，實在不算回事。我相信莒哈絲的價值，在短時間內，還難被充分了解。物理學家間有種說法，要是能在下一世紀復活，他們就要問：某難題

莒哈絲，攝於六〇年代

解開了嗎？我也想到下一世紀去問：知道莒哈絲的厲害了吧？作品見效時間遠超過個體生命，這是天才的定義。什麼給我信心？我的一切信心，都來自她的作品。

作家的行為藝術化

我並不熟行為藝術，但我喜愛皮耶瑞克．索林（Pierrick Sorin）或維托．阿肯錫（Vito Acconci）。索林讓人用派砸他，阿肯錫保持不動。暫且擱置他們的意圖，只看手法所給的啟示。首先是，藝術家必須親自來——像劇場那樣排演，就失去意義；其次，因著它的受難性質，這本就不易找到替手——「創作者身分的公開化」不是跟隨「作品問世問題」的附加問題，它就是藝術問題本身。在這類行為藝術中——「自戀」是個術語，就像一個器具，它確實是被發動的，但它不是一般用法。就像引擎並不在汽車裡。是什麼把莒哈絲與其他同樣對情節主義離心離德的新小說（Nouveau Roman），如阿蘭．霍格里耶（Alain Robbe-Grillet），稍加區分開來？我想她更接近行為藝術「斬我示眾派」的原則。以〈酒精〉為例：

> ……我馬上就喝得像個酒鬼。把所有的人都拋在後頭。我開始在晚上喝，在中午喝，然後是早上，然後我開始在半夜裡喝。一夜來一次，然後就每兩個小時一次。（《物質生活》）

數據、圖示般的文字。然而戲劇化：就像我們也會對著數線圖說這話。——這甚至可以不是談酒，完全是「別的東西」。她的文字與行為藝術的語言，有許多類似策略——元素的、抽象的、韻律的。更清楚地說，莒哈絲作品中的「我來了」形式，如行動藝術的「本尊震撼」，是適合嚴格分析地。比如說，關於「調轉窺伺」②的問題。畢竟，我們可以「真正地」談論或研究「別人的」酒癮、性慾或悲哀嗎？運用「我」這個影子，將社會暴力祕密引向自身——這牽涉到隱形腳本、一些伏筆、許多安排——歸根究底，全副思想。在〈進食夜〉中，莒哈絲寫：「……他有那種孩子氣的想望，想讓我吃東西好讓我不會死……我也不想要他死，我們的關係是這樣，我們的愛。」寥寥數語，大大震撼：孤寂與社會連帶的功能、進食與求生慾望、對女性被釘死在哺育餵食者角色的根本翻轉……。

新小說作家阿蘭．霍格里耶（Alain Robbe-Grillet）

© Sophie Bassouls/ Sygma/ Corbis

空地上的野玫瑰

沒有人，花也會開。當亨利．列斐伏爾（Henri Lefebvre）從這個角度去看自然「造物」（花）時，他順道對「文學」提出疑問：也許藝術，做為專門化的活動，緩慢但堅決地用來交換、商業化、無限複製的「產品」（produits），取代「造物／作品」（œuvres），就此使作品沉淪？③——「文學摧毀（文學）作品」？——這並不純是危言聳聽。

作家是花還是人？書寫，像開花還是園藝工作？人可以有多自然？這是困難的問題。書寫原是大大存在書寫規範之外的。莒哈絲在此命題下意義非凡，不在於她單獨屬於花或花匠，而在於她努力來去兩界。這是一種雙重放蕩。兩度不忠。反抗、反抗、反抗——反抗什麼？文學的（外在、邪惡）力量。

「這是遠在知道寫什麼之前，遠在想要寫這個或那個故事之前，想要寫的寫。人隨時都在寫〔……〕。」（〈與米歇爾・波爾特（Michelle Porte）訪談〉收於《卡車》）

「根本」④就可能

莒哈絲不「關懷」。但她很少在思想上打迷糊仗。被法國共產黨開除後，她說：「現在我是真正的左派了，我不再看誰不起。」她是一以貫之的。無論她的電影或文字，都追溯得出「反客為主」甚至「將計就計」的軌跡。——這是資源貧瘠者的別開生面。她的成果輝煌。也因此，她的實踐，鼓舞著代代同感匱乏的「邊鄙弱小」。台灣卑南族作家巴代道：「（為民族留史）不能等到技巧高超才做。」⑤莒哈絲不寫民族誌，她的解殖性是另一類。但她分享了與巴代類似的緊迫責任感，同時展示一種氣魄：我做了，我就是技巧，我就是高超。——那只是氣魄嗎？莒哈絲的「根本主義」，留下太多不可思議的知識與自由。她下了多少工夫？不說罷了。碰什麼，就徹底改造什麼。說穿了，瑪格麗特有革命的靈魂與步履。

（所有標楷體部分，皆直接從法文本譯為中文。）

註

①電影《情人》是個大災難（莒哈絲強烈否定該作品）。莒哈斯被問到，她對別人改編她的作品如此不滿，那她為什麼不自己導？她提到經濟的考慮，提到她當時想要留點東西給兒子。我覺得她的這種世俗性很美。小說《情人》，更接近原意的譯法，是「情夫」或「姦夫」——除非各位想到情人時，「非常有慧根地」想到《查泰萊夫人的情人》的情人，而非「情人節」的情人。

②調轉窺伺即調轉剝削。我在莒哈絲的敗壞（自我／作家）形象作風中，看到的是一種「去作家（藝術家）階層化」的政治。

③《La production de l'espace》（空間的生產），Economica 出版，二〇〇〇。頁九十。

④Le radicalisme，共有激進、基進與澈底主義（尉天驄譯）三譯。我用「根本主義」，指以改變藝術手段為核心的創作。莒哈絲對電影的根本性發明，貢獻更勝小說。台灣有論者在有關專書序文中，暗示莒的電影不復重要，我以為此舉嚴重輕率失職。在視電影更為聲音藝術批判影像中心主義的新思潮裡，莒哈絲是無法被抹滅的巨大身影。

⑤記者趙靜瑜報導，〈原民作家獲吳三連獎 巴代：為民族留史〉，《自由時報》，2013-11-16

張亦絢

一九七三年出生於台北木柵。巴黎第三大學電影暨視聽研究所碩士。著有《壞掉時候》、《最好的時光》等短篇小說集和散文集《小道消息》。電影劇情長片劇本《我們沿河冒險》。編導有短片〈納塔莉，妳為什麼在地上？〉、紀錄片〈聽不懂 客家話：1945 台北大轟炸下的小故事〉（「客家 ：我的影像心事」評審團獎）。長篇小說《愛的不久時：南特／巴黎回憶錄》入圍二〇一二台北國際書展書展大獎。

▷ 在子夜出版社出版《如歌的中板》(*Moderato Cantabile*)。

1958

法國新小說的發展軌跡

兼談
瑪格麗特・莒哈絲在
新小說派中的地位

楊令飛

二十世紀五十年代初，法國文壇出現了一批駭世驚俗的新型小說。這些以「拒絕」、「探索」、「晦澀」為主要特徵的作品，拋棄傳統小說的線性敘事結構、鮮明的人物形象、引人入勝的故事情節和全知全能的敘述視角，代之以迷宮般的物、影視般的人、前後分割的事或人物心理的潛對話，用顛倒的時空、為所欲為的敘事、離奇的形式和出格的語言為讀者提供了一幅幅帶有「不確定性」的圖景。一時間評論界與讀者議論紛紛，褒貶所致，莫衷於是。這類小說爾後被評論家貼上了「新小說」（nouveau roman）的標籤，成為西方現代主義文學極富代表性的流派之一。

新小說的發生和發展並非偶然，而是具有深刻的歷史背景和歷史必然性。第二次世界大戰以後的法國，社會物質生活百孔千瘡，人的內心世界同樣一片荒蕪。

冷戰開始之後法國的經濟雖有長足的發展，但隨之而來的則是人的精神危機日益加深。科學技術的進步和生產自動化水平的提高，使人在生產過程及社會文化生活中逐漸喪失主觀能動性，也使人與人之間的關係日漸冷漠。此外，法國的經濟發展很大程度依賴於美國的經濟援助，這種現代化和經濟繁榮明顯打上了「美國製造」的烙印，原先屬於法國特有的東西正在不斷失落。

西方文化一貫以人道主義為基礎，但是戰爭的災難和社會的畸形現實粉碎了法國人的「人道主義美夢」，法國文化明顯地傳遞出現代化語境下一切價值觀念的急劇失落感。知識分子普遍具有一種看不到前途與光明的灰暗心理，這種心態促使他們對貫穿於西方文化中的傳統人道主義和理

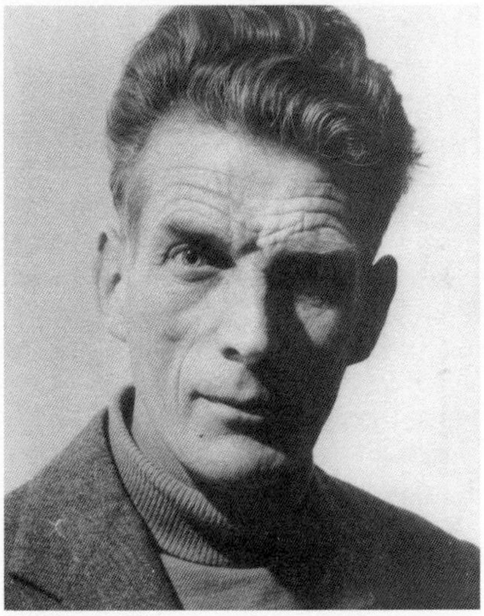

塞繆爾．貝克特（Samuel Beckett）

圖片提供／達志影像

娜塔莉．薩洛特（Nathalie Sarraute）

圖片提供／達志影像

性原則進行反思，力圖在各種文化領域裡否定傳統，開闢新路。

早在二十世紀三〇年代末期，塞繆爾．貝克特（Samuel Beckett）和娜塔莉．薩洛特（Nathalie Sarraute）就分別發表了小說《墨菲》（*Murphy*, 1938）和《向性》（*Tropismes*, 1939），這兩部小說可以視為新小說的早期作品。一九八四年薩洛特推出另一部小說《陌生人肖像》（*Portrait d'un inconnu*），存在主義大師沙特（Sartre）曾為該書作序對作者的創新精神予以充分的肯定。

五〇年代初期，薩洛特出版論文集《懷疑的年代》（*L'ère du soupcon*, 1956），其中表達了一種開放性的觀點。她認為戰

爭的惡果和時代的變遷使人們體驗到了傳統價值觀念的崩潰和自由、平等、博愛等字眼的虛妄性，因而對以往看似神聖的一切表現出了懷疑。建立在傳統價值觀念之上的巴爾札克式小說以虛構和想像對人物、場景和事物進行加工，極不真實。而小說最重要之點就是材料精確，真實可靠。因此，「作家所要做的，只是把世界的本來面目呈現在讀者面前，讓讀者運用自己的生活經歷和多樣的探索手段，去發掘事物的真實性。」①新小說重要作家霍格里耶（Robbe-Grillet）在自己的理論著作中也表示，戰後資本主義大生產的發展佔據了人的立足之地，原本就混亂的塵世變得更加荒涼。既然「世界既不是有意義的，也談不上荒誕，它存在著，僅此而已……因此小說家的任務就是寫出眼前所見的事物。」②

「新小說派」在五〇和六〇年代並不構成一個自覺的文學流派，因為這些思想和傾向相近的作家僅僅是把自己的作品集中於子夜出版社（Les Editions de Minuit）出版，卻沒有統一的綱領、旗幟和領袖。新小說派的主要作家包括霍格里耶、娜塔莉．薩洛特、米歇爾．布托爾（Michel Butor）和瑪格麗特．莒哈絲（Marguerite Duras）等人，代表作則有《橡皮》（*Les Gommes*, 1953）、《窺視者》（*Le Voyeur*, 1955）、《妒》（*La Jalousie*, 1957）、《陌生人肖像》、《變》（*La Modification*, 1957）等小說。七〇年代初，以「新小說今夕」為題的國際研討會在賽利西—拉—薩勒（Cerisy-de-La-salle）舉行，這個研討會是新小說發展史上的里程碑，標誌著「新小說派」已經成為一個自覺的文學流派。霍格里耶《紐約革命計劃》（*Projet pour une révolution à

塞繆爾．貝克特《墨菲》（*Murphy*）

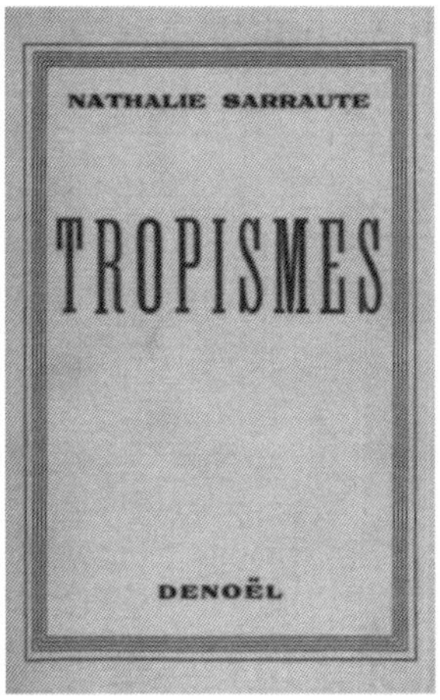

娜塔莉．薩洛特《向性》（*Tropismes*）

New York, 1970）、西蒙《三折畫》（*Triptyque*, 1973）等作品的問世說明這個流派一直沒有停止自己的探索。八〇年代以後，一些新小說派作家向傳記文學尋找靈感，表現形式不斷創新。以霍格里耶《重現的鏡子》（*Le miroir qui revient*, 1984）為代表的一類作品打破了文學樣式之間的明晰界限，為新小說贏得了巨大聲譽。

新小說的發生和發展大致可以分為三個時期，即二十世紀五〇至六〇年代的豐收時期，七〇至八〇年代初的縱深發展時期和八〇年代以後的創作高峰時期，每個時期皆具各自特性，又未偏離這一流派既定的創作方針，其發生和發展過程是一個不斷探索、刻意求新的過程。

瑪格麗特．莒哈絲從未親口承認自己屬於「新小說派」，而學界也有將其列為「新小說派」外圍作家者。但她的小說拋棄傳統的寫作手法，以多元化的敘事結構和影像性的元素表現世界的「真實」，形成了自己獨特的創作風格。因此，海內外許多學者仍然把她列入新小說這個流派，甚至將她與薩洛特都看作是新小說之母。

與「新小說派」其他作家「陽春白雪」式的「小眾文學」相異，生長於印度支那的莒哈絲卻是一個暢銷書作家，她集小說家、劇作家和電影藝術家於一身，於一九五〇年出版成名作《太平洋防波堤》（*Un barrage contre le Pacifique*），後又相繼推出《廣島之戀》（*Hiroshima mon amour*, 1958）、《情人》（*L'amant*, 1984）和《中國北方來的情人》（*L'amant de la Chine du Nord*, 1991）等經典之作。莒哈絲曾經獲得龔古爾文學獎、法蘭西學院戲劇大獎

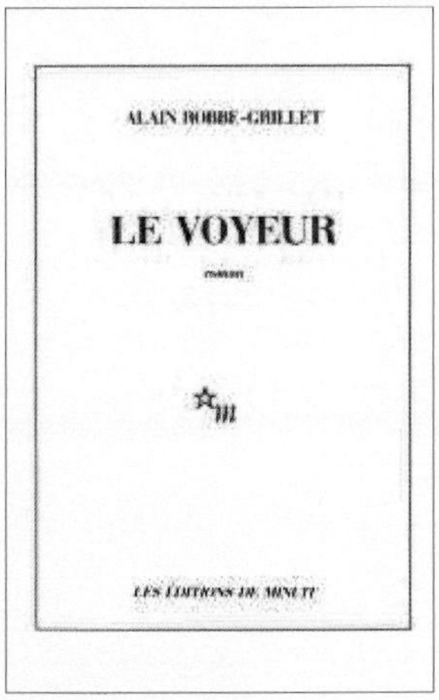

霍格里耶《窺視者》
（*Le Voyeur*）

霍格里耶《橡皮》
（*Les Gommes*）

娜塔莉．薩洛特《懷疑的年代》
（*L'ère du soupcon*）

等獎項，其小說和電影在法國國內外擁有大量讀者和觀眾。尤其是《情人》一書，獲獎之後立即被譯成多國文字，迄今已售出近三百萬冊，並且於一九九二年改編成電影。這部小說在法國和世界文壇引起極大反響，使她成為當代世界文學上最負盛名的法語作家之一。這些都足以證明她在「新小說派」中的特殊地位③。

莒哈絲小說的獨特魅力之一是其異文化書寫與觀照。從《太平洋防波堤》到《情人》，莒哈絲確定了一個來自殖民地的法國作家的特色，把異文化特質與母國文化語言混為一體。莒哈絲小說通過白人個人或家庭在殖民地的生活，揭露了印度支那殖民地嚴格的等級制度對於當地人甚至無權無勢的白人的壓榨，也借助異文化書寫寄託了作者逃避現實、尋找失卻的精神家園的願望。莒哈絲透過小說凸顯了對西方價值觀的反叛，但小說裡的異域文化及其異國情調卻又符合法國人「把所有東西都按他們自己的口味改動，而不是改變自己來適應不同時代」④的自負品味，且難以掩飾作者西方主流話語的流露。

莒哈絲小說的獨特魅力之二是其場景的唯美描述。在此僅舉《副領事》（*Le Vice-Consul*, 1965）中的一個場景：湄公河的夜晚，港灣一隅，輕舟駛過，琴聲歌聲，異邦的景物在水面泛著光，詩情畫意中充溢著浪漫的情調。作者讓心靈低姿態地關注與感受這樸素的土地與生活，文字中那份淡然悠遠，令人陶醉，由此生發出一種對於烏托邦的莫名嚮往。

莒哈絲小說的獨特魅力之三是其詩化而富有哲理的語言。譬如《情人》中的經典語錄：

「生命不停地流逝，瞬息之間一切就都太晚了。剛剛十八歲就已為時太晚。」

「他說他和過去一樣，他仍然愛她，他不能停止愛她。他愛她，至死不渝。」

「與你那時的面貌相比，我更愛你現在備受摧殘的面容。」⑤

莒哈絲的語言對歷史具有俯瞰式的洞察力，對回憶的積壓表現得頗具張力、深邃、沉痛，讀後讓人唏噓不已而又回味無窮。莒哈絲是一位極端唯美且把實驗與探索視為至高目標的作家，平庸與通俗為她所不屑，她那些詩化而富有哲理的警句使得她的小說具有極強的衝擊力與震撼力。

莒哈絲小說的獨特魅力之四是其充溢的感情。與其他新小說作品客觀、冷峻的特點不同，莒哈絲小說瀰漫著一種絕望的基調，她筆下的愛情是絕望的，靈魂

霍格里耶《妒》
（*La Jalousie*）

霍格里耶《變》
（*La Modification*）

是絕望的，甚至連語言都是絕望的。如在《情人》和《中國北方來的情人》看似平淡的敘述中，可以感受到男女主人公絕望的性愛、宿命的陰影和揪心的離情別緒。滄桑過後的淡定，經作者閒散如輕音樂的語言娓娓道來，卻無法揮去浸透讀者心脾的陰鬱與悲涼。

莒哈絲小說的獨特魅力之五是其藝術的多元互動。莒哈絲小說中的許多文字，猶如清麗流轉的散文詩，具有濃郁的抒情韻味。作者採用近乎音樂的手法，讓句子、段落和整部作品的複雜結構與一種悅耳的音響疊合在一起，產生出一種意義與語音之間面貌一新的和諧。有時文字勾勒出來的線條十分簡約，看似描摹又具言外之意，與山水畫有異曲同工之妙。有些自然段蒙太奇手法運用自如，猶如電影鏡頭中一個個畫面。而作品中對於死亡、愛情、希望這類觀念以及對於文學創作問題的探討，又兼具隨筆的特色。

以上所述皆凸顯出莒哈絲在新小說派中的獨特地位。雖然莒哈絲在寫作風格、題材和方式上與其他新小說作家不盡一致，但他們都秉承創新精神，以自己多元化的寫作對傳統作家的一元化寫作發起了挑戰。法國新小說作為西方實驗文學的重要組成部分，自有其值得探究的思想價值和藝術價值。這個文學流派不僅造就了一批自己專有的讀者，在小說的觀念和形式方面對後世產生了相當大的影響，而且自一定程度上對社會進行了思想啟蒙，改變了人們對於政治、文化成規的認識。其除舊布新的精神氣質及其在思想藝術上的諸多貢獻，對世界文化的發展具有不可否認的意義。

註

① Nathalie Sarraute, *L'ère du soupcon*, Paris, Gallimard, 1956, p. 94.

② Alain Robbe-Grillet, *Pour un nouveau roman*, Paris, Minuit, p.56.

③ G.Yanoshevsky, *Discours du nouveau roman*, Paris, Gallimard, 2006, p. 32.

④利弗威爾（A.）：《翻譯史源流》，載《外語與翻譯》，長沙：中南大學，頁36。

⑤ Marguerite Duras, *L'amant*, Paris,Minuit, 1984, pp. 5,3, 164.

楊令飛

廣西民族大學外國語學院教授、博士生導師，國立中央大學法文系客座教授；武漢大學法文系畢業，法國波爾多大學法國文學與比較文學碩士，廣州中山大學歷史學博士；主要研究方向為法國文學和法國歷史；出版專書三部，譯著十部，發表學術論文二十餘篇。

▷ 由莒哈絲編劇、亞倫．雷奈執導的電影《廣島之戀》（*Hiroshima Mon Amour*）上映。

1959

莒哈絲的慾望書寫

黃心雅
林立薇

對法國文學和電影有所涉獵者，莒哈絲這個名字並不陌生。她最為人所知的作品包括了一九五九年上映，由莒哈絲編劇，亞倫．雷奈執導的電影《廣島之戀》（*Hiroshima Mon Amour*）和一九八四年出版的半自傳式小說《情人》（*L'amant*）。《廣島之戀》以其獨特的敘事風格描繪廣島核爆以及二次世界大戰的災後創傷；被譽為法國新浪潮電影奠基之作，受到坎城影展的肯定。《情人》則使得當時七十歲的莒哈絲登上創作生涯的巔峰，受封法國文壇最高榮譽龔古爾獎。小說不僅譯成多國語言，也於一九九二年由導演讓－雅克．阿諾（Jean-Jacques Annaud）翻拍成電影。香港演員梁家輝和英國演員珍．瑪琪分別扮演莒哈絲筆下軟弱的華僑富商和初嚐情慾的法國少女；這段註定要無疾而終的戀情同時也見證了法國和印度支那之間難解的殖民歷史和衝突。

莒哈絲的人生和作品相較絲毫不遜色。如今已然成為二十世紀

莒哈絲與揚．安德烈亞（Yann Andréa）
© Jean-Paul Guilloteau/ Kipa/ Corbis

法國前衛文化代表（avant-garde cultural icon）的莒哈絲其實出生於法屬越南。作為最後一代的沒落殖民者，她的母親反而更致力於維持帝國的文化疆界，將女兒送入法文學校；要求她吃法國人習慣的麵包和蜂蜜，而非當地居民更常食用的稻米和魚（莒哈絲 39）。童年的經驗影響莒哈絲至深，儘管她在成年前往法國後就再也沒回到她的故鄉，她卻總是在創作中重訪印度支那。在《情人》出版之前，莒哈絲便已在《太平洋防波堤》（*Un barrage contre le Pacifique*）中描寫禁忌神祕的叢林和為錢愁困而半瘋癲的母親。回到母國的莒哈絲經歷了二次世界大戰，加入了共產黨，甚至參與一九六八年的法國學運，這些都反映在她的文學創作上。《痛苦》（*La Douleur*）和《廣島之戀》都選擇從女性的觀點敘述戰爭的可怖，和身體如何記憶這樣的傷痛；《阿邦、薩巴娜和大衛》（*Ababn, Sabana, David*）和《毀滅吧，她說》（*Détruire, dit-elle*）表現了她對法國共產黨和政治的失望。莒哈絲的一生當中還有無數個情人，包括同性和異性。除了曾在《情人》中出現越籍華裔富商黃水梨之外，最有名的就是與她同居十六年陪伴餘生的揚．安德烈亞（Yann Andréa）。《藍眼睛黑頭髮》（*Les Yeux bleus Cheveux noirs*）中描寫的正是異性戀女子和同性戀男子間無法實現的愛，激情卻在無法填滿的空虛中燃燒得更加猛烈。

作為一名多產的作家，莒哈絲一生中書寫不輟，但她和文字間的關係卻耐人尋味。莒哈絲的作品經常被人形容成「不是故事的故事」，拒絕平鋪直述的線性敘事方式，而大量採用回憶、倒敘、離題甚或是雙重敘事（第一／第三人稱同時出現於敘事中）等手法。受訪時莒哈絲指出：

> 我們常覺得生命是依照各個事件所發生的先後順序而隨之高低起伏：事實上，我們忽略了事件的影響範圍。讓我們重拾失去了的感覺的是記憶。然而，所有留

存下來，依然可見、可敘述者，通常都很模糊、很表象，僅限於感受表層。留在內心中的殘餘，晦暗、強烈到甚至無從追憶。越強烈的東西，就越難把它們整個兒全放在同一水平上。傳統式的書寫回憶，我沒興趣：這又不是任我們隨意取得數據的檔案。再者，遺忘這個行為，它本身就絕對必須：要是發生在我們身上的事情，我們有百分之八十都沒辦法發洩出來，活著就會令人無法忍受。是遺忘，空，名副其實的記憶——讓我們不至於被回憶、被盲目的苦痛給壓得喘不過氣來的記憶——還有就是，幸虧，我們遺忘，我們才活得下去。（90-91）

莒哈絲看似破碎缺少連貫性的句子，卻更真實地呈現了我們的記憶原貌。生命中的事件並非在發生後就結束；相反地，事件被儲存在我們的潛意識當中，就在我們回到日復一日的尋常生活，以為我們已經釋懷甚至是遺忘時，偶然觸及的記憶開關，卻再一次將我們帶回事件發生的當下。相較之下，西方文學自巴爾札克以降所建立的線性敘事傳統，因為明確標誌出了事件的前因後果，反而難以描寫記憶的隨機不確定性；再者，線性敘事的結構是漸進展開，所有的事件被平板化地賦予相等的重量，然而莒哈絲反覆迂迴的敘事手法卻得以不斷加強事件的強度。此外，莒哈絲在訪問中提及了遺忘對生活的必要性，也呼應了她文字中的留白和靜默。

靜默，對於作家或許是最難表達的，卻是莒哈絲最具個人特色的創作風格，無論是電影中的沉默或文字中的大量「排印空白」（莒哈絲87）。與其使用文字填滿敘事結構，莒哈絲選擇了靜默。但靜默並非什麼都沒說，亦非否定書寫之必要。在莒哈絲的精煉之下，靜默所傳達的情感強度往往大於喋喋不休終至流失意義的文字。莒哈絲便曾在訪談中批評伍迪．艾倫的作品是「極其紐約式、非說不可的強迫症」（145），並且抱怨那些將她作品翻拍的導演：

殊不知文本中的聯想主要建立於省簡或懸疑之上，而非敘事的飽和。這些導演想填滿書寫的空，但這種方式卻害話語失去了它全部的強度：在他們的電影裡面，影像成了話語的替代品，透過取代貧瘠書寫來闡明故事。（149）

弔詭的是，莒哈絲的靜默隱隱約約透露了一種對文字的不信任，認為文字無法完全捕捉我

們的意識，這點和在二十世紀盛行於巴黎文藝界的精神分析學派不謀而合，精神分析企圖從作品的字裡行間當中讀出文本的潛意識。雖然莒哈絲本人並未接受任何精神分析的訓練，精神分析學大師拉岡卻將數度使用莒哈絲的文本作為精神分析範例。

慾望，一直是莒哈絲創作中亙古不變的母題。然而這份慾望，正如同拉岡所聲稱的，是源自於人類對自身存在感到焦慮的缺乏（lack）。在不斷追尋填補這樣缺乏的過程中，產生了慾望。一般總是認為只要滿足了慾望就能從痛苦當中解脫，但慾望並非具體存在的物體，亦非任何可得的抽象價值，因為慾望的源頭就是永遠的缺乏。莒哈絲亦談到：「我所有的書都是這麼產生的，並確切地圍繞著一個永遠都被召喚，永遠都缺乏的框架在移動」（82）。根據精神分析理論，書寫提供了主體一個宣洩的出口，無論是童年早期經歷的創傷或是

不可能實現的慾望，因此也被視為是一種治療方法。對莒哈絲而言，書寫似乎也扮演了同樣的角色。她談到童年對痲瘋病莫名的恐懼在書寫之後消失無蹤，書寫一方面讓她暫時逃離自我並在文本完成時將恐懼轉移到文本本身，因此書寫之於莒哈絲可說是繼續日常生活之不得不採取的行動。她甚至說：「一個人不寫的時候，都做些什麼？我會偷偷仰慕這個人，因為我就是不知道他怎麼能夠不寫」（97）。

書寫創傷和死亡

《廣島之戀》呈現給觀眾的是二次世界大戰倖存者的創傷經驗。根據精神分析學家修維格（Peter Schwenger）和力福頓（Robert Jay Lifton），對戰後倖存者而言，創傷是有如禁忌般的存在，超越人類情緒所能承受的極限，導致無法以語言描述的無意識狀態，這種無法或拒絕思考的狀態逐漸成為遺忘，致使倖存者竟對如此重大的生命事件失憶（qtd. in黃，《創傷》463）。

《廣島之戀》的導演亞倫・雷奈（Alain Renais）

© John Springer Collection/ Corbis

如同前文中莒哈絲本人所提及，由於人類無法時時背負著如此巨大的創傷經驗，因此只好選擇遺忘。然而即使意識中抗拒面對，創傷依舊以各種各樣的形式表現出來。《廣島之戀》展現的即是創傷如何從壓抑中重現。

經歷了廣島核爆的日本工程師與目睹德國情人死亡的法國女演員，於因緣際會下相遇。帶著如此巨大創傷經驗的兩人，在無法訴諸言語之下，於是透過身體和地域記憶。影片即以兩具互相擁抱的肉體開始，先是在灰燼雨水之中被爆者（日文中稱遭受原爆及其輻射影響的受害者）不忍卒睹的肢體，然後是激情中交纏的肉體，至此死亡和愛慾僅存一線之隔（黃，《創傷》467）。也因為這樣愛慾和死亡的結合，使那失憶的十二年重新回到她的意識中。在廣島，藉由日本男人的身體，她想起了在內韋爾已逝的德國戀人。在他和她不斷的對話中，她逐漸從官方所建構的歷史當中回溯個人對戰爭的見證。當她趕到與戀人相約共同私奔的地點，發現的卻是遭槍殺的情人的屍體，面對巨大的創傷事實，她選擇躺在他身邊，將他擁入懷中，用身體記憶他的死亡。然而，諷刺的是，就在第二天，遭德軍佔領的內韋爾被法國收復，教堂傳來慶祝的鐘聲，對她而言卻也是戀人死亡的喪鐘（黃，《創傷》471）。心懷倖存的罪惡感以及戀人遽逝的痛楚，她逐漸接受以國家所建構的歷史取代她在戰爭中的具體經驗，最終卻在廣島找回這深藏的記憶。廣島和內韋爾兩地在女人的記憶中交錯混合，最後他們以廣島和內韋爾互稱。廣島既是地名，也代表著人類文明的災難；雖然她未曾經歷廣島核爆，但是透過愛與死亡的連結，「廣島」成了她呼喚德國戀人記憶的詞語（黃，《創傷》470）。

書寫對東方男性的慾望

據傳《廣島之戀》選角時，莒哈絲曾經要求飾演日本男人的演員面容不要過於亞洲化，因為廣島核爆代表的是一種普世性的文明浩劫，她不希望跨文化戀情模糊了電影的焦點。然而莒哈絲的晚年之作《情人》所描寫的中國富商，卻恰恰是建構在西方對東方異國情調的想像之上。

東方的異國情調在西方藝術當中早已自成一個傳統。薩伊德（Edward Said）在探討東方主義時即指出，在西方的知識體系下，東方是一種想像而非地理上的位置。西方文明在自我建構的過程中同時也建立了東方，用以作為西方的對立面，有如他者般的存在。薩伊德將西方對東方的權力宰制類比為性別上的不平等，東方就有如父系制度下沉默的女性，任憑男性展現其權力和想像。然而，在薩伊德的《東方主義》（*Orientalism*）中，東方主義並不只是西方想像或學術的客體，而是具體侵略的政治事實。換言之，薩伊德的東方指稱的是受回教文化影響的中東，北非以及印度次大陸，並無法廣泛適用於遠在歐亞大陸另一端的遠東——因為西方的殖民主義從未直接在東亞各國實行。弔詭的是，歐美文化對東亞各國文化的詮釋與再現卻和東方主義者慣用的策略是如此相像。研究日本的西方學者明尼爾（Richard Minear）於是提出，《東方主義》揭露的毋寧是一種西方文化面對非西方文化的心態；換而言之，是西方文化在跨文化接觸中對於自我認同所採用的建構模式（qtd. in Lin 'Postcolonial Masquerade' 15）。也因此，東方主義和政治上的支配並沒有直接關聯，而明尼爾對東方主義的修正也解釋了為何在西方殖民地各國早已走向獨立的今天，歐美大眾文化中東方主義式的刻畫卻是有增無減。

薩伊德對東方主義的詮釋某種程度上重複了他對東方主義的批

評：在其著作中甚少談及西方女性在構築東方主義的參與（黃，《東方》410-411）。對薩伊德而言，東方主義似乎只能是一種雄性目光的凝視——即所謂的陽具中心論。《情人》敘述的正是薩伊德探討中所缺失的部分，東方主義在西方女性作家的作品中的呈現。有趣的是，在西方父權社會下只能作為客體的女性在面對東方男性時竟逆轉了性別上的劣勢，成為慾望的主體。在僅僅十五歲半的法國女孩眼中，她的中國情人是：

> 肌膚細緻柔嫩。這個身體呀！瘦削無力，沒有肌肉，像生過病正在療養似的。他沒有體毛，除了性器外，看起來不像男人。虛弱的如同承受著屈辱。（Duras 42）

法國女孩藉著自身種族的優勢，透過將中國情人去勢化的策略，將自己提升至主體的位置，但這樣的策略卻也同時透露出她自我分裂的危機。《情人》當中時而出現辱罵中國人和僭越種族差異的話語，但女孩卻同時在與中國情人交歡時面對真正的自我並體驗情慾解放。於是，情人成為了精神分析中女孩出生即缺少的陽具，使她能夠重塑自我認同，補足作為女性在西方父權社會下的性別弱勢（黃，《東方》418-419）。

在莒哈絲的寫作中，人物不但名字不詳，也少有個性的描述。然而，在這樣簡略的敘事中，角色的內心和潛意識卻彷彿從文字的空隙中逐漸滲出，傳達給讀者豐富、生動的沉默。事實上，莒哈絲的作品一再被精神分析學派學者討論和援引，本文亦引用部分精神分析理論解釋莒哈絲的行文風格和作品中潛在的慾望，但即便不參考文學理論，仍舊無礙閱讀莒哈絲作品時的樂趣。莒哈絲廣大的書迷如今仍會特地造訪胡志明市近郊的沙瀝市，前往黃水梨的舊宅前憑弔那早夭的戀情。只要付錢，旅客甚至可以在這待上一晚，想像印度支那襖熱夜晚中，一黃一白的軀體因暴烈的愛慾緊緊交纏。只是這一切都不過是旅客的想像罷了，那個小女孩就像莒哈絲的文字一樣，是怎樣也抓不住的，在萬籟俱寂的夜中徒留一絲跫音。

參考書目

①黃心雅（2002）〈廣島的創傷：災難、記憶與文學的見證〉，《中外文學》，30.9：86-117。

②黃心雅（2002）〈東方論述與當代西方女性書寫：莒哈絲、桑塔格與湯亭亭的中國想像〉，《女學學誌：婦女與性別研究》，13：141-75。

③瑪格麗特·莒哈絲（2013）《懸而未決的激情：莒哈絲論莒哈絲》。樂奧伯狄娜·帕羅塔·德拉·托雷採訪，繆詠華譯。台北：麥田出版。

④Duras, Marguerite.（1985）. *The Lover*（*L'amant*）1984. Trans. Barbara Bray. London: Famingo. Print.

⑤Lin, Li-wei.（2013）. "Beyond the Mask of Madame Butterfly: Postcolonial Masquerade in the Postmodern Time." MA thesis. UniversityCollegeLondon. Print.

黃心雅

中山大學外文系教授兼文學院院長。美國伊利諾大學比較文學博士，研究領域為美國少數族裔文學、女性文學、原住民研究、跨文化研究。著有專書（*De*）*Colonizing the Body: Disease, Empire, and*（*Alter*）*Native Medicine in Contemporary Native American Women's Writings*（2004）、《從衣櫃的裂縫我聽見》（2008），主編《匯勘北美原住民文學：多元文化的省思》（2009）為台灣學界第一部研究北美原住民文學之華文專書。現任中華民國英美文學會理事、美國研究學會（American Studies Association）理事會國際代表、*Journal of Transnational American Studies*以及 Routledge Research in Transnational Indigenous Perspectives 編輯顧問，致力跨國文化與比較文學相關研究。

林立薇

台灣大學外文系畢業，倫敦大學學院比較文學碩士。研究範圍包括東方主義、後殖民文學理論、精神分系理論。

▷《情人》（*L'amant*）出版，並獲法國龔古爾文學獎（Prix Goncourt）。

1984

愛情的面孔

徐慧韻

《情人》這部作品算是莒哈絲的一本自傳性中篇小說，描述的是少女時期的一段戀情，在七十歲時，她重新去回顧這段情而寫成小說。或許事件發生在當時也算是醜聞，文本所刻劃的內容卻讓我們省思成長、家庭、愛、肉體、愛情與文化差異等相關議題。「十八歲時，我就老了。」①面對這種變老的過程，她並不害怕，反而深感興趣，「就像在看一本書的時候對情節之發展感到興趣一樣」，知道有一天這種「變老的歷程會緩慢下來，會按照常軌進行」。由於生活的歷練，使自己變老了，她形容十九歲那年的面孔乾裂，但「那張面孔沒有下陷，像某些清秀的面孔那樣。它保留著原有的輪廓，只是構成面孔的素材損壞了」（p.5）。人體自然生長的組織替換，因為經歷早熟的過程，而加促組織過度的負荷。她不認為那是因為童年生長在越南那時的太陽太烈，也不是因為貧窮孩子早熟，莒哈絲一九一四年生於越南，直到十八歲才回法國定居。

她自己說：殖民地的「老」小孩是飢餓使然，而我們是白種小孩，男僕做的東西有時我們拒絕吃，但至少有不肯吃的特權。胡品清認為莒哈絲的作品圍繞著某種「煩倦」的元素，其筆下的人物全都活在等待中，因為等待就是「希望」之承諾。在這部《情人》作品，莒哈絲說出當時關於某些事實、感情和事件其所隱瞞的東西。

她年輕時，就預料自己的面孔會因酒精而憔悴，「十五歲時，十八歲時，我就有了那張預感性的面孔」（p.15）。十五歲時尚未體驗過逸樂，但她也認為自己有了一張逸樂者的面孔。故事描述的重點就從這十五歲的面孔開始，西方女子在東方文化的目光中，耀眼的、逸樂的形態，因為環境對比之下的突出，因為一場異國文化情境下的愛戀。她認為在此場景中，她原該有一張突出的面孔，但似乎瘦弱的身軀使自己變得渺小，以致別人都沒特別留意這張突出的面孔。然而這個心理狀態跟她的外在打扮是矛盾的，她穿著母親的一件舊式絲質洋裝，有點透明，套上假金片裝飾的高跟鞋，頭戴平邊男用粉紅氈帽並飾以一寬邊黑緞帶。這樣的裝扮在當地的人文風情中是突出的，這也是她意願下出門慣常的打扮，在此行裝當中，造成她那張面孔有了決定性的曖昧，即是她認為關鍵在於那頂帽子。（p.23）那頂男士帽子的符碼意味著讓她脫胎換骨，讓她吸引眾人的目光，一面想擺脫天生瘦弱的缺陷，一面又成為某種慾望釋放的標誌。男帽與高跟鞋是不搭襯的，如同她認為「帽子和孱弱的身軀互相矛盾」（p.25）。這反而令她滿意，無形中也顯示出她年少時期心理狀態上的某些缺口。和中國男子的邂逅就是這一身不變的標誌，生理年齡是少女，慾望卻推向成年女子，有意無意的挑逗，在不明白愛情之前就先嚐了禁果。身體慾望搭配不上心靈的真相，行為嘗試成為愛情先導的動機，短暫的歡愉解放某種生活上的苦悶或是對家庭的煩倦，然後參雜經濟交易似有若無的對價報酬，或說心理的不願卻因為生活條件的某種現實需求，而將肉體出賣推向某種必然。當這中間又有愛情當擋箭牌時，多少又迷醉了心裡上原先的不願。愛情的面孔只在表象上綻放，心裡的掙扎排徊在似是而非的不確定當中。莒哈絲描述她在加州的兒子：那張照片中傲慢的笑容、嘲諷的樣子，配上他瘦如烏干達的白種人，他喜歡自己那個窮人面孔瘦弱青年的怪樣子，他想給自己一張流浪者的扭曲的面孔。（p.27）這讓她對比出記憶中曾是自己少女時的模樣。我們從這個借喻中看出她少女時期身處於法屬殖民地越南的生活狀態中，藉由身體來凸顯心裡的矛盾、不滿足；然而這些行為都是出於她自己的意願。母親像是得了厭世病，生活中見不到母親的喜樂，彷彿都是處於絕望的狀態，家庭生活中鮮少喜樂的事，這也影響了年少的莒哈絲。

洋裝、男帽、高跟鞋，這身打扮讓她由心底產生信心，她對眾人注目的眼光並不感到羞赧，因為在殖民地上的白種女人都經常是人們注目的對象。這身打扮如同她的金剛罩，把內心的苦悶都擋掉了，令她展現一種自信，讓她想成為只要是對她有興趣的男人，她都能隨心所欲地表現出她的魅力去吸引這個男人。在湄公河的渡輪上第一次邂逅中國男子，她彷彿就知道了以後的進展，因為她會讓自己成為他愛的人，因為她知道由於這個介入她即將和家人產生距離。如同她對自己預料的事情之確信，她便也順任這個男人並與他發生親密關係，好像一切都是「符合她的等待」（p.79）。而她用沉默來回應兩人初次親密的時刻，因為暗地裡這不是一種純然的愛戀。她像是有所詭計，表面上順任這個男人，心裡卻是她掌握了這個男人，她對這個男人說：「我寧可你不愛我，即使你愛我，我也只要你像對待別的女人那樣對待我。」（p.81） 愛情的面孔在男方是因為愛而吸引肉體的接觸，在女方卻是充滿疑惑與矛盾的，這個初始的接觸對她來說或許只為了某種目的，某種渴望獲得金錢以解決家中生活的困頓。即便男子猜測她可能也會對其他的男人做同樣的事，但她，對男子的提問皆以沉默回應，如同生命中遭逢的不知究竟的苦難，當時年齡太小在心中無法理解家庭為何發生這樣的事件，致使她只能沉默以對。於是，在她無法清楚地面對環境時，她就抱以沉默。交歡後他們開始有了交談，在渡輪上邂逅時男子已向女孩敘說了自己的背景，而女孩在這時才說出她的家庭，並且重心似乎在強調家裡沒錢。這讓男人聯想她是為了金錢才與他接近，女孩似乎也沒多保留，她說第一次看見男子坐在黑頭大轎車裡，就已經和金錢聯想在一起了，此刻她既要人也要錢，甚至不諱言，如果男子沒有錢，她無法知道自己會做什麼。（p.87） 這是愛情嗎？這個愛情的面孔不是顯露出金錢的誘惑，同時有著對性的好奇與冒險。他們倆幽會的房室很暗，外頭參雜著街上人群的流動、聲音與氣味。莒哈絲形容這個場景像是兩個不同的世界，雖然都處於同一個城市之中，但彼此的存在是沒有任何交集的：「有縫的百葉窗和棉布窗簾把床和城市隔開。我們和他人之間，沒有任何堅硬的物質。他們，他們不知道我們的存在。我們，我們感知一點他們的存在。他們的聲音、動作之混合，像一聲淒涼的、破碎的、無回聲的汽笛聲。」（p.91） 這彷彿也述說著這個愛情的隱密性，不能公開的。雖然享受關起門來的愉悅，但又不能完全忽視外在的感受。某種打擾，雖不完全來自外在條件，卻引發內心愛戀上的保留、膽顫。女主角自己也承認她愛想著這男人有許多女人，而她也是其中之一。似乎這個想法可以減輕心裡的壓力，尤其是金錢需求上的。在這個愛情的交往中，他們所抱持的觀點並不一致，因愛而想佔有的狂熱或許在另一方不過是拿來運作的工具。此刻的少女並非享受靈肉結合的微妙，僅只是遊戲滿足肉體的快感。莒哈絲回憶中依然深刻烙印當時的那張面孔，也記得男人的名字；而在經歷的當下，男子曾絕望女孩對他的情感，且對她說：妳終生都會記得那個下午，即使有一天妳會忘了我的面孔和我的姓名。（p.97） 這個愛戀對女主角來說，是一種回應她幼年以來的環境所形塑給她的哀愁，那個幽會做愛的房間像是她所等待的，生活中感受到的不幸讓她選擇在愛情中放蕩，讓她在男子輕柔的吻下落淚。或許愛已悄然滋生，不全然只是為了金錢，但她可能不知道也不承認。她穿戴慣有的行裝走出單身公寓，街上中國人群的姿態，在她看上去是沒有快樂、沒有悲傷、沒有好奇心；而她自己突然知道自己老了，男子聽聞她的經歷後，此時僅回應了：「妳累了。」（p.103） 或許他無法回應更多，在一場激烈的性愛關係之後，這麼回答好像也顯出他的體貼與不捨。

他們的愛情是沒有未來的那種，所以從

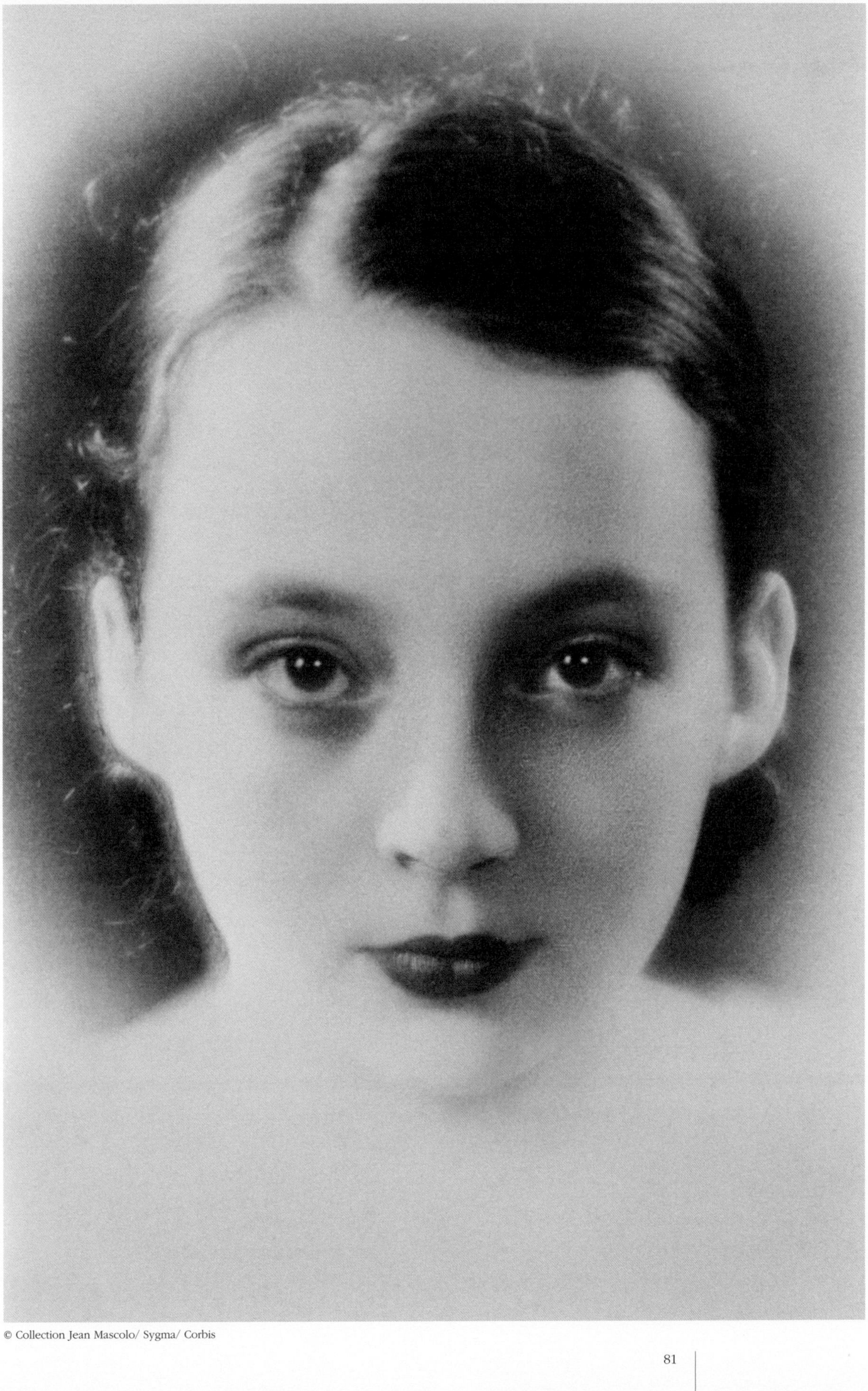

年輕時的莒哈絲

六十歲的莒哈絲攝於巴黎

© Jacques Haillot/ Sygma/ Corbis

不談未來，只是像在一場戲中盡情歡愛，雖是約定的，但又彼此真誠，就這樣維續了一年半左右。其實男子也無法勇敢地去愛女孩，因為受到傳統禮制的束縛，他無法對抗父親的權威和金錢，他不能選擇自由戀愛的對象成為他的伴侶。另一方面，女孩雖仰賴他的金錢，他是一位富家子弟，但畢竟他是中國人，在西方人眼中，依然是次等的。這個愛情一開始好像就知道不會有結果的，但卻又順任它在某種渴求上繼續經營下去，即便有太多的不對等。女主角坦言，只要在眾人面前談及她的這位中國情人，她就裝出偽善的面孔。這樣做雖是傷了情人的心，但她仍義無反顧要表現西方人的優越感，當然也是對母親及大哥的恐懼。這份恐懼讓她覺得好像自己被緘默的眼光觀察著，也產生日後她離家出走的決定。相對於男子，他的恐懼是害怕她遇上另一個男人，因為她太年輕，小他十二歲。或許他曾為這份愛提出勇氣向父親說明，但仍舊不敵傳統禮教下父親的堅持。這個愛情在文化差異的限制下，在成長中不好的經驗影響下，讓短暫成了永恆，像是活在沒有明天的當下，彷彿命運造成的磨難，烙印在她心中自然而然變成一種生活狀態，如同在殖民地的生活也是被孤立在人群之外。生活讓她憎恨母親但又不敢違抗，命運卻使母女倆又極其相似，是英勇的，卻也是荒謬的。（p.219）男人最終明白這個愛情的樣貌，也不再堅持要求父親讓他娶這白種女孩為妻，甚至他知道女孩不會要這個婚姻的，該把她還給白種人的同胞。他所著迷的是女孩青春的胴體，柔軟有彈性並全然地奔向快感，這個軀體沒有惡意，但卻聰明得令人害怕，如同他臆想著：「那胴體不但在他看得見的地方，也在別處，向視力所及的地方之外延伸，伸向遊戲，伸向死亡。」（p.227）相互了解愈多，只能反應在肉體親密的接觸當中，因為現實生活中他們倆都無能為力，面臨恐懼，面臨絕望，卻也在其中享受幸福。

這段愛情的面孔或也談得上「不朽」，條件就是在當下她並不知道會有這種感覺存在。「不朽並非時間之長短問題，亦非『不朽』的本身問題，而是別的，人們無法知道的東西」。（p.241）愛戀是否就在啟程中畫下了句點？這個啟程指涉的並不是單純的開始，而是「出發」的某種意涵。即使有痛苦和絕望，但從來沒能把要出門的男人挽留下來，也從來沒讓女人要男人別走，依舊有著為生命而在等待男人歸鄉的女人，她們守住家園、錢財、種族，守住所謂的「生之理由」。（p.249）離開越南返回法國的時日愈近，往昔為愛戀的衝動之體能愈形減低。終於她要走了，甲板上遠看著男人坐在堤岸邊的大黑色轎車裡，即便是最後的送行也無法將面容曝晒在陽光下。船漸行漸遠，將一切帶得遠遠的，拋在航線後頭的情感隨著水紋拖曳，女孩潰堤的淚水說明自己懷念起這個中國情人，突然間「她無法肯定她真的未曾愛過他。她只是不曾看見過那份愛，因為它失落在故事中」（p.261）此刻的孤獨，蕭邦的華爾滋樂聲，喚起了她心中的哀愁，她才真正重新找到了那份愛，感悟到永恆。彷若要透過某種死亡的形式，才能發現永恆性。

好幾年過後，中國情人和家族選定門當戶對的女子結婚，同樣是居住在越南的華僑，婚姻生活中，白種女孩的身影一直佔據他，最後他是以想著她的方式才讓自己進入妻子的體內而完成傳宗接代的任務。愛情的面孔已然不是當初的所有原貌，但卻重疊著想像中某種不可替代的元素。別離，相形之下成就了另一種出發，他們或許都在這份愛戀中更加認識自己。雙方各自都有了婚姻、有家庭，直到有一天中國情人和妻子來巴黎，電話中他依然跟她表白了內心的真相，他說：「一切都和從前一樣，他仍愛她，永不停止的愛她，他會愛她直到生命之盡頭。」（p.269）愛情的面孔著上了歲月的歷練之後，愈加令人難以忘懷，情人在心中也畫下了不朽的意象。

註

①本文所引有關《情人》一書的內容皆出自：《情人》（*L'amant*），瑪格麗特．莒哈絲（Marguerite Duras），胡品清翻譯，中法出版部，台北，1984。

徐慧韻

法國巴黎第八大學法國文學博士，現任教於文藻外語大學法文系。研究領域為意象、語言、文化、翻譯、現象學及法國文學。

▷ 莒哈絲呼吸困難住院，手術後長期昏迷至次年六月才轉醒。
陷入嚴重昏迷前的那一年她的玉鐲子因跌倒應聲而碎。

1988

莒哈絲物質生活

一個人優雅就是要毫不做作。——《莒哈絲傳》

人始終不會孤單，從物質上來說從來不孤單。——《寫作》

鍾文音

「她很美，是在那些反襯之下而顯出來的美。一身陳舊的打扮，集歐洲各地的風格於一身。殘缺的織錦，過時而講究的套裝、舊窗簾、陳舊的庫存品、陳舊的零頭布、高級服飾店的舊衣、蟲痕累累的舊狐皮、舊貂皮，這就是她的美。」在《情人》裡出現一個完全和劇情無關的女人貝蒂，她的出現應該只是為了陳述莒哈絲對美的看法以紀念一個逝去的美麗形象。這樣少見的物質堆疊，細膩地陳述了她的青春年代。

照片裡的物件顯影

我總是仔細地盯看著她的照片，手中有許多個華麗的大戒指，手腕的玉環、大大的手錶，物質滿滿地掛在寫作者最重要的「手」之上，搶眼醒目。

有人說，因為莒哈絲以前窮怕了，所以總是竭盡所能地打扮和擁有。

玉環是她十五歲時，她母親給她的一個禮物。禮物如此貼身，貼身到無法不正視，貼身至和另一個肉體交纏地燃燒此身時無法取下，貼身至死都無法取下。然而在一九八八到一九八九她七十四歲陷入嚴重昏迷前的那一年她的玉鐲子因跌倒應聲而碎。相差近四十歲的愛人揚焦急地捧著玉碎片想是否要把碎片埋在土裡。

關於莒哈絲的過往生活，最能解讀的作品當屬晚年寫的《情人》一書，所以我也引述於這本書最多關於她的形象敘述。也確實是如此，《情人》裡的那個形象最為清晰。那個身材像竹竿胸部平板的女孩，身穿著黃絲綢衣服，那是已經陳舊得幾近透明的衣服。衣服沒有袖子，胸口開得很低，黃色絲絹已經漸漸泛著些許褐色。腰上繫著皮帶，哥哥的男用皮帶。鞋子是套著一雙金絲鑲著假鑽的高跟鞋。

這樣的形象，通過作品往事又回溯至我的眼前。我在湄公河上搭船時，想著往昔莒哈絲的鮮明形象。

她戴著這頂帽沿平坦，紮著黑色寬邊蝴蝶結的紫檀色帽子。男用紫檀色軟帽，上面綁著寬大的黑色蝴蝶結。「這頂帽子賦予那個影像決定性的多重意義。」莒哈絲如此述說一頂帽子所帶來的背後意義，在我而言即稱為物質的力量。在生活上，在精神上，聯通至一個物件上的一種烘托。

化妝，十五歲半的時候，也就是在渡船上遇到中國情人時，莒哈絲在書裡寫道當時她是化了妝，且還抹上多卡龍面霜，為了掩飾頰骨周圍和眼睛下方的雀斑。「面霜上撲了膚色的粉，是Houbigant的（法國化妝品牌名）。撲粉是母親的，母親參加總督府宴會時都撲這種粉。那天我也塗了口紅，是當時流行的暗紅色口紅……櫻桃色口紅。……當時我沒有擦香水，我母親那兒只有古龍水和棕櫚橄欖香皂。」

除此，《情人》一書再也沒有其他的形象可以凌駕這個「我」了。

當然作家之物都是闡述作家生活的附屬品。

因為再沒有比作家的文字和文本更讓人著迷的物件了。寫過的手稿紙張才是整個空間發亮之所在。我見了照片裡的書桌與手稿，以及作家炯炯有神的目光，會為之心室震顫一晌。

那才是美，才是力量。莒哈絲除了越南時代的照片外，她往後的照片幾乎都是在書桌前拍攝的。

那個美，也是在那裡凝結的，雖然她已逐漸老去，但卻更顯力量。中晚年她的臉上多了個醒目的黑框眼鏡。她的情慾之眼暫時被遮去了光芒，換上思索和迷離在往事邊緣的眼神，深陷在歲月的眼神。

「確實沒有必要把美麗的衣裳罩在自己的身上，因為我在寫作。」她說。不是說作家就不能穿美麗的衣裳，而是因為她在寫作時已經無暇顧及外衣了。莒哈絲對她自身的矮小個子也有一種絕望之感，因為這是無法改變的事實。她說：「我，我很矮小，這種困難影響了我一生。……我一生都沒有擺脫這困境，我不以穿著引人注目，免得把別人的

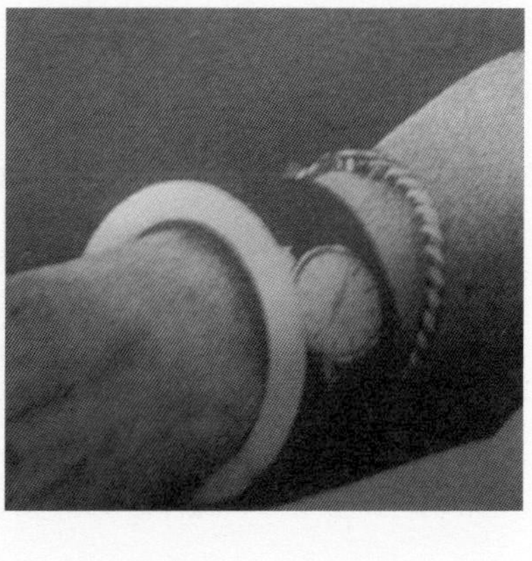

莒哈絲生前一直戴著母親在她十幾歲時送她的玉環，幾乎成了她的隨身物件標誌。

越南胡志明市的華人堤岸區，也是當年莒哈絲和她的中國情人幽會之區所。

注意力引到一個太矮小的女人身上。」她不以穿著引人注目，但實則每個人都會因為她是莒哈絲而注意她，但注意她的同時卻又不會去注意她的衣裝，而是因為她是莒哈絲，她穿什麼或她不穿什麼，貴與貧，美與不美都退位了。

在其談話裡她曾說：「美，是不刻意尋求自己所沒有的東西。」她喜歡的女人都帶有一點意亂情迷的味道。也就是不能普通，美麗而沒有個性是不美的。

「我早就明白了。早就明白了一些事。女性之漂亮與否不在於服裝，不在於細心的打扮，不在於昂貴的香水，也不在於稀奇昂貴的裝飾品。」「在這些別墅中，在照不到陽光的陰暗處，等待著殘餘的日子逝去，活得像一部長篇小說。數不清的長衣櫃都已經爆滿了，卻找不到機會穿。像時間一般，像難熬的漫長日子一樣多的衣服。」——《情人》。

莒哈絲寫《情人》時的故居：諾弗勒城堡，莒哈絲很多作品都在這裡完成。她最喜歡的孤寂之所。

她的傳記描述著她喜歡聖羅蘭設計師的衣服，因此凡她喜歡的衣服都被她說是聖羅蘭的，即使不是。同時她也會買聖羅蘭的衣服給她的情人穿，她喜歡一個品牌就會一直用一個品牌，直到她煩倦。

衣裝和青春是女人的最大時間夢幻，被讚美幾聲之後，旋即沮喪感來臨。不斷地與時間拔河，企圖扶正傾頹的軀體，最後還是要投降。殘餘的日子就是殘餘的日子，逝去的青春但願可以在智慧中復活。莒哈絲生在法國當作家是幸運的，她可以做她自己，不必為了維持美麗的外貌而用盡心思，她只消好好地寫作。

當然如果能夠又寫作又美麗是幸運的。但時光殘酷，對女作家尤甚。

窗簾、檯燈、長桌

寫作需要某種深度的黑暗，在一種黑暗的氛圍中包裹住，再發洩而出。如同情人的身體也需索黑暗。

作家需要窗簾，遮上蒼白與外界的窗簾，回到私密的洞穴，反芻咀嚼銘刻一切的一切，之於歡喜悲傷憂愁。幽幽微微，流波款款。

「室內很暗，雙方都沉默無語。街頭的喧鬧聲淹沒了整個房間，彷彿置身於街頭，或坐在市街電車裡。沒有玻璃窗，只有窗簾和百葉窗，在人行道的陽光中行走的人影，映在窗簾上。」「人群老是那麼多。窗簾上的影子被百葉窗切割成有規律的橫條紋。木屐的聲音在腦中迴響。」「這道有縫細的百葉窗和這塊棉布窗簾，隔開了床和外界。無論多堅固的物質，都不能把我們和其他的人隔開。」

「那些群眾都是那麼巨大。」屋外的人流如湍急的河川來去。

長桌，檯燈，打字機，紙和筆，作家不可少之物，我凝視的焦點，無法迴避的目光灼著我的心。

香菸

香菸，抽著高檔牌的香菸，夾菸的樣子非常男性，像是個老菸槍般地抽著。菸不離手的形象是她的典型特徵，幾乎每一張照片都有她抽菸的樣子，書桌前、導戲、談話、沉思……，她有時是兩指夾著菸，有時甚至是雙指捏著菸快燃盡的菸頭，捏著菸的感覺很大刺刺地粗魯，但也很有自我的氣派。她且用左手抽，特別是拍攝於書桌前的照片，我想是因為右手很忙，要用來寫字。

法國人愛叼根菸，男男女女皆然，特別是藝文人士最多，沙特和波娃，羅蘭．巴特、卡繆等人每個都抽菸。咖啡和菸是同時存在的，是缺一不可的氣氛與感官情調。我在莒哈絲巴黎聖伯諾瓦街故居一帶的咖啡館閒走時，到處看著美麗的法國男女就著大街的露天咖啡椅喝著咖啡，雙眼勾魂，調著情。

酒

威士忌酒，「如果我沒有寫作，我就變成了無可救藥的酒鬼。要是不能再寫作，迷失了那倒是省事……，人們因此而酗酒。一旦迷失了就不會再有什麼東西可寫和可失去的。於是就寫作，書就在那兒，它在呼喊，它在要求將它完成，於是就寫作。」

她曾寫道自己午夜躺下時總得蒙起臉來。「我害怕自己。不知怎麼會這樣地也不知為什麼。正因如此我在睡覺前要喝烈酒。為的是忘卻自我。它馬上進入我的血液，然後就可以入睡。酗酒的孤獨是令人不安的。心臟，就是它。它會突然跳得很快。」她的朋友描述當她的臉被酒精侵蝕時的樣貌是：「她變得很可怕，像癩蛤蟆一樣。」酒精讓她的甲狀腺腫大，酒精使她有一張迥異於年輕的老態，使她的臉瀕臨於毀滅。

「酒精完成了神不肯做的工作，它殺了我，它的工作是殺人。這張被酒精破壞的臉，早在我嗜酒之前就造訪了。酒精是確認了這張臉才來的。」《情人》裡她寫出了自己耽溺酒精（她多次被送去戒酒中心）慢性自殺之苦，酒神尋著她這張臉而來，而她為寫作而來，寫作的神性與物質的酒性彼此糾纏。

髮絲

長髮，返回法國後一刀剪去。自此她終其一生都是留著帶點微捲的波浪形短髮髮型，最多只到齊肩的位置。

剪去長髮似乎象徵著一個自我年輕時代的結束，一個生命感情大段落畫下了句點。

「我的頭髮既密且柔，長度及腰，可惜是一頭紅髮。常有人說頭髮是我最漂亮的部分，可是我明白他們的言下之意是說我並不漂亮。那一頭令人注目的長髮，二十三歲時，我在巴黎剪掉了，那是在我離開母親五年之後的事。當時我說剪掉，美髮師就

鍾文音在廣島讀莒哈絲的《廣島之戀》，圖片拍攝於廣島核爆現場旁的旅館。

越南時期的莒哈絲，美麗的外表下藏著對物質匱乏的祕密。鍾文音在胡志明市走訪莒哈絲。

一口氣將它們全部剪掉。冷冷的剪刀碰觸到我頭部的皮膚，頭髮掉在地板上。他問我要不要把頭髮包起來？我說不必了。從此以後，再也沒有人說我有一頭漂亮的頭髮了。也就是說，我的頭髮再也不像未剪去之前那般地受到讚美了。從那時起，人們便改口說：『她的眼睛很美，笑容也不錯。』」

黑轎車

《情人》一書裡和中國情人最接近的象徵就是那輛後來不斷出現在情節裡的黑色大型豪華轎車，司機穿著白色的棉紗制服。

「在主人和司機之間，還有滑動的車窗玻璃，有折疊式座席，寬敞得像臥室。」「轎車上坐著一位高雅的男士，目不轉睛地看著我。他不是白人，卻穿著歐式服裝，一種像西貢銀行家們穿的淺色絲質西裝。」

寬敞得像臥室的黑轎車內部，是當時小女孩所望出去的物質豪華世界的象徵，後來她不再搭當地的公車上學，她搭了兩年的黑色轎車回到膳宿學校的公寓。

莒哈絲接受法國雜誌的採訪，影中的她才從昏迷八個月之久中復甦，醒來第一件事就是改稿。

真實裡的作家在巴黎時應該是不開車的，但她在買下諾弗勒城堡的鄉間居所時，莒哈絲也開始開車，且心情不好時會驅車散心。其好友米歇爾．芒索在《閨中女友》（*L'amie*）裡提及關於莒哈絲開車行走的樣態。「夏天，我和她一樣住在諾弗勒，我們一道散步。她還是親自開那輛203，哪裡風景美她往哪裡開，或者，給自己定一個模糊的目標，重見照著麥子的一道光芒，尋找雄鹿出沒的森林；向我指著伊夫林省尾部的大雪松說：『妳不認識它，它應該有千年了，這是一棵千年古樹。』」她喜歡「千年」這個詞，她總是重複她喜歡的東西。

在法國書店的莒哈絲著作

什麼是203，我不知道，也許是車牌號碼。但似乎可以感覺莒哈絲對於車子的功能性多過於豪華性的眷戀。看文字描述她開車的模樣即可知其一二。

除了黑頭轎車外，在莒哈絲的童年照片裡曾經出現過和母親及兩個哥哥一起搭乘四輪馬車在越南永隆一帶兜風。心情沉悶的母親帶著他們一起坐上小馬車，一起去原野上欣賞乾季的夜色。離西貢不遠的永隆，和西貢相隔著湄公河，也是她和中國情人相遇之河。

莒哈絲曾說她幸運有這樣的母親，應該就是這樣的時候，突然會在艱困中冥生一股動力與不合時宜之情懷的母親。

植物

《情人》電影裡有兩幕讓我印象深刻，一是女孩和中國情人做愛後，她在其住處澆水給乾枯的植物。另一幕是快要結尾時她依然在那個房間等著中國情人，等的過程夜幕低垂，她起身給植物澆著水，臉龐有一種奇異的悲傷。

「房間的白色牆壁、隔離暑熱的布簾、別室通向屋外庭院的拱門……院裡的植物耐不住高溫枯死了，院子周圍環繞著藍色的扶欄。」文字如此描述。

後來，從照片上可以看出莒哈絲是喜歡住在有植物的地方，特別像諾弗勒周遭就有很多的樹。她的書桌上也常見擺著一盆插在水中的花，只是花都有些歪歪垂垂的。牆上案上也見到一束束的乾燥花屍。我想莒哈絲喜愛花草植物，可是卻常因為寫作投入到忘我，然後也常忘了替植物澆水和替花瓶的水更新。

「他們也許砍伐了三百棵樹齡為六百年的橡樹。我無法動彈，我嚇得彷彿全身癱瘓，就像剛才友人在我面前殺了一個人般。」莒哈絲在《莒哈絲傳》一書裡所收錄的照片有此注說，照片裡的她正處在一堆倒下的木頭裡。

影像記錄一個一去不回的光陰，時空的細薄切片，切絲般的細節顯影。那個瀕臨於毀滅前的美是她老年之後臉部所獨有的。皺褶，有智慧者可以讓美麗深陷在那些重重的凹痕裡。

但慾望也可能被一個形象殺死，當影像一再重複時。莒哈絲也深諳這個道理，關於她每個時期的照片都剛剛好，幾張影像夠力道就足夠了。如何呈現自我影像即意味著希望別人如何注視你。

未成為作家前的莒哈絲美得迷離，卻有一種飄忽感，還很在意自己的姿態。成為作家的她，就非常接近內在的她之內裡男性特質，不再柔弱，如鋼鐵蝴蝶。

作家必須美得很有力量，因為其腦其筆都是智慧之美，作家的文字沒有力量就是一種鬆垮，鬆垮的作家空有一張美麗外表何用。

莒哈絲的美是歲月奪不走的，連酒精都侵它不成，即使瀕臨毀滅都是精神塑造出來的一種極致風姿，她的物質生活是由文字王國所輝映出來的世界。

一個作家的靈魂都在她這裡被顯影了，她就是莒哈絲，每張照片都自然，每個文字都曖昧如詩語。

情人可以暗中流年偷換，將情人轉換成故事。愛情激發的能量，於莒哈絲是巨大的一種創作轉換。轉換成功，作者就不會失心瘋，這是愛情的正面能量，不要害怕有情人，也不要害怕失去情人。因為在愛情的本身裡，已是具足一切。

情人給予莒哈絲完全的創作因子，因為莒哈絲愛的是自己。所有的一切必須以自己為中心，因此世間的物質也不過是襯托她的存在而已。

圖片攝影／鍾文音

註：本文引用的莒哈絲作品《情人》，為涂翠花翻譯版本，小暢書房出版，已絕版。《莒哈絲傳》為聯經出版版本。

鍾文音在莒哈絲巴黎居所附近的咖啡館，她也曾經來過的社區型咖啡館。

鍾文音

淡江大傳系畢，曾赴紐約視覺藝術聯盟習油畫創作兩年。現專職創作，以小說和散文為主，兼擅攝影，以繪畫修身，周遊世界多年。曾獲中時、聯合報、世界華文小說獎、林榮三文學獎、吳三連文學獎等多項重要文學獎。二〇〇六年以《豔歌行》獲〈開卷〉中文創作十大好書獎。持續寫作不輟，已出版多部短篇小說集、長篇小說及散文集。二〇一一年出版百萬字鉅作：台灣島嶼三部曲《豔歌行》、《短歌行》、《傷歌行》，備受矚目與好評，並已出版簡體版、日文版及英文版。出版圖文書《裝著心的行李》，攝影圖文書《暗室微光》、《我虧欠我所愛的人甚多》、《憂傷向誰傾訴》。

▷法國電影學者——多明尼克．巴依尼（Dominique Païni），於十一月在法國電影院組織了莒哈絲電影回顧展。

1992

從恆河到塞納河

有關

莒哈絲電影的

思考

劉永晧

（一）前言：莒哈絲和我一起看電影的時刻

莒哈絲她的文學作品《情人》（*L'amant*, 1984）過去在台灣造成一股旋風。胡品清教授的中譯本《情人》優雅細緻。莒哈絲的電影，在一九八〇年代中期，金馬國際影展引進過她的《印度之歌》（*India Song*, 1975）、《卡車》（*Le Camion*, 1977）、《阿加莎或無限的閱讀》（*Agatha Ou les lectures illimitées*, 1981）及其他的電影作品。二〇〇六年台灣女性影展做過莒哈絲專題放映。莒哈絲的電影筆者在留學法國時幾乎全部都看過。應該是在一九九二年法國電影圖書館做莒哈絲的電影專題回顧時所看的。莒哈絲和她的伴侶Yann Andréa，在專題放映時間幾乎天天都到法國的電影圖書館，觀看她自己的電影作品。平時，不見得熱鬧的夏佑宮（Palais de Chaillot），在她的電影專題的時刻，由於莒哈絲幾乎天天出席，也吸引了莒哈絲的各種愛好者，包括文學、劇場、當然以及電影，此外莒哈絲的演員也跑來好幾位，把整個夏佑宮給活絡了起來。有如莒哈絲家庭的聚會。

在莒哈絲電影專題的放映期間，在電影放映的場次之間的空檔，筆者同樣和其他法國人一樣，圍在莒哈絲的身邊。聽她和她的朋友聊天，聽她和觀眾自在地討論，她幾乎有問必答神采飛揚，筆者也有幾天的片刻和她有過短暫的問好與交談。雖然只是三言兩語，也是極度幸福。我想她也應該注意到我，天天去夏佑宮報到，每日去看她的電影作品的亞洲年輕人，我想我應該很容易被她認出來，她與亞洲有著深刻的淵源，不然怎會理我這台灣人。在夏佑宮裡，在小小販賣咖啡飲料的小圓桌上，桌上總有她愛的白葡萄酒。在電影放映的時刻，她總會坐在電影院二樓的第一排，離筆者喜歡坐的位置三排四排不遠。我還記得，在放映完《孩子們》（*Les Enfants*, 1985），她第一個站起來，她為她的作品鼓掌。隨後，我也跟著她鼓掌，之後，整個電影圖書館，掌聲不斷。另外，還有一場令我印象深刻，是《羅馬對話》（*Dialogue de Rome*, 1982）。那一場，電影放映不到五分鐘，她就走出放映室。筆者當然繼續看電影，專心看電影認真做筆記。在放映完電影之後，筆者看見她獨自地坐在小吧檯，忍不住跑過去問她，「瑪格麗特您為什麼離開電影院？瑪格麗特您不是都熱愛您的電影作品？」那時筆者還年輕，不知道這個舉動是否唐突又不禮貌；事實上也還好，我有使用禮貌敬語。莒哈絲她也親切回答我，她說今天放映的是義大利語版，她不要看這個版本，她要看的是法語版。莒哈絲和善、優雅、誠實。筆者在那期間，與她有過幾次互動，每一次的交談其實都是有趣的寫作題材。在莒哈絲的電影專題放映完之後，就沒有緣分再近距離親眼目睹大師風采。之後再能看到她就是在法國電視上的訪談。她雖然一樣地睿智聰明，少了那與面對面的親近。和她在相同的電影院一齊看她的電影作品的感動，兩者差別巨大。大師總是有著迷人的風采。

（二）焚毀的書、夏日暴雨與童年的反動

莒哈絲的電影《孩子們》是先有電影作品之後才有小說《夏雨》（*La pluie d'été*, 1990）。在《夏雨》中，小男生Ernesto，一個聰明的小男生，還未上學識字，找到了一本被焚毀的書。書還可以辨讀，但書的中心缺少了一塊。換言之，一部去中心的書本被一個還未認識字的法國小男孩找到。這個小男孩也跟他的父母有衝突，他拒絕到學校去就學。因為在學校中老師是教他所不理解的事物。換言之，社會教育制度的知識系統與兒童的理解有所衝突。男孩的家中是在巴黎郊區的工人家庭。家裡也不突出，家中除了電話簿之外，家中唯一的一本書是龐畢度總統的傳記。被焚去中心的書與小男孩之間，形成了許多個空的循環，書不可讀，小男孩既不識字，也不想學習以文字所堆砌出來的知識系統。被焚壞的書因此而更顯神祕無解，紙本上有個不透明的黑洞，本來可以透明解決的事，變得既詩意又政治化，成為童年最純真的反抗。

在《孩子們》的電影中，莒哈絲讓一個成年男子演出Ernesto的角色。在視覺上完全不是書寫上小男孩的身體。電影《孩子們》的表演光是演員就脫離小說的讀者想像，或許莒哈絲是要讓她的電影刻意地遠離她的小說，因此，在這電影與小說中，創造出了不同的通道。在小說中Ernesto的年齡也是成為一個浮動的指涉，在小說中是拒絕上學的小朋友，在書中莒哈絲的描寫他為十二歲，看起來像二十歲。Ernesto的父親則說他的兒子有十二歲、二十二歲、二十三歲。而他的母親則認為她的兒子有十二歲、二十七歲、二十八歲，可以把他當成一個年輕人。而電影中，這些由年輕演員的演出，話語內容有時如兒童，反而讓演員的身體表演出更多的想像可能。

被焚燒過的書，有如所有深層的象徵與秩序被破壞。因此，我們也可以視為在莒哈絲的小說與電影中批判了政治與宗教，正如Ernesto與他的姐妹Jeanne在討論，上帝是否存在的問題，Jeanne說：「就如同你曾經說過上帝不存在；上帝存在，假如是有可能祂不存在，或者，祂有可能存在，如何上帝祂存在又不存在？祂不存在是在哪個層次？」而Ernesto回答他妹妹：「這不是一個問題，連一個問題都算不上。就如同祂存在或者祂不存在，這不是一個問題。因為沒有人知道為什麼。」事實上電影中看起來成年人的兄妹與小說中年齡不確定的兄妹對於上帝的存在與否提出了疑問，但不給回答。因此，儘管是童年，卻也很批判了政治與宗教。因此書寫的語句必須是沉默，電影的影像必須拒絕影像再現的意義，這便成了莒哈絲的創作美學上的特殊性。這個拒絕影像再現甚至可以是讓電影的影像缺席，如電影短片《大西洋人》（*L'homme atlantique*, 1981），全片四十五分鐘，在其中有四十分鐘完全沒有任何影像，完全的黑片。

（三）從印度到威尼斯：電影的現成物

莒哈絲的電影也有如她的小說，形成某種特殊的聯結，但卻又是浮動自由。《加爾各答的荒漠裡她的名字叫威尼斯》（*Son nom de Venise dans Calcutta désert*, 1976），這部電影的聲音部分，完全和她的電影《印度之歌》相同。《印度之歌》這部電影有如一個電影的現成物，如同杜象的作品一樣。莒哈絲重新使用了《印度之歌》的聲音部分，在音軌上完全一樣，沒有做任何修改與更動。她然後拍了等長的影像部分，再把影像配上之前《印度之歌》的畫面。因此《加爾各答的荒漠裡她的名字叫威尼斯》在聲音上是與《印度之歌》沒有區別的。在影像上的部分《加爾各答的荒漠裡她的名字叫威尼斯》的畫面為森林、花園、廢墟中的長廊等，一連串的空鏡頭。在整部電影的觀影過程中，是極特殊的觀看經驗。在《印度之歌》電影中，莒哈絲在處理電影的聲音與畫面的關係中，聲部與電影畫面是各自獨立的，聲音與畫面兩者之間並無任何的同步性。因為演員的演出只有動作、表情。沒有任何一個鏡頭中，演員曾開口，因此，可以把《印度之歌》視為整部電影聲音皆是畫外音，而且是絕對的畫外音。這些來自異處他方的聲音，造成《印度之歌》在敘述表現上幾乎消失，如同電影中的對話的聲音也成了神祕不確定。例如影片中有四種聲音，沒有交集。卻又有極大的想像的生成。

在《印度之歌》中的四種聲音：

聲音1：好像有種花的味道⋯⋯？
聲音2：痲瘋病。
聲音3：這些帆船？
聲音4：稻田。
聲音3：在斜坡上，這些陰影的斑點。
聲音4：人群。
聲音3：這個綠色，它變大了。
聲音4：海洋。

電影導演莒哈絲與演員交談

© John Springer Collection/ Corbis

上述這些電影中的對白，在修辭上是極為令人折服。如果電影的情節與事件是需要被陳述，莒哈絲把一切事物都變得極簡化，如基礎元素一般，連陳述的人也沒有名也無姓，只變成在聽覺上可辨別有差異的聲音。在話語的交錯與並置的過程中，有如簡單的交錯的話語，變得抽象而且具詩意。又如：

聲音1：我們聽見什麼？
聲音2：她在哭。
聲音1：無法再忍受了，不是
　　嗎？
聲音2：再也無法忍受，
　　心裡的，痲瘋病。
聲音1：無法承受了。
聲音2：不，
　　不再忍受，
　　再也無法承受印度。

這些對話，在字詞的使用上，刻意縮減，法文句法也是最基礎的，語言卻經由對比的過程來生產震驚的效果。在類似對話的過程，卻又像兩個獨白，而在兩個獨白之間又製造出某種有意識的迴音。

聲音1：印度，她無法承受
　　嗎？
聲音2：不
聲音1：那是什麼，印度？
聲音2：想法。

在這兩個聲音的看似對話的關係，筆者更願意把這兩個聲音，看成兩個有交錯在進行的兩個獨白。這些不確定的敘述，絕對的聲音畫面的分離，讓《印度之歌》成為電影史的一個極致。《加爾各答的荒漠裡她的名字叫威尼斯》，則又把《印度之歌》更推到了絕對。因為電影影像觀看的功能完全被取消。觀眾是在聽《印度之歌》的聲帶。影像不提供敘述，這部電影的畫面成了某種填充物。各種空鏡頭、樹林、廢墟、走廊的影像必須填滿與聲帶相同的長度。影像除了畫面之外，也沒有提供電影影像的敘述功能。影像在《加爾各答的荒漠裡她的名字叫威尼斯》拒絕了任何與聲音的溝通性與意義深層的可能性。因此影像的功能，只是純粹的觀看。影像的意義不在，影像美觀與否也不重要，電影的意義不再依附於影像，而是穿透影像，藉著聲音。因此筆者很激進地分析，在莒哈絲的電影創作中，她解放了電影的影像。電影不再依附於影像，徹底地顛覆了主流與傳統的電影。在莒哈絲的電影中，她的影像的功能性徹底取消，她創造了一個抽象的電影世界，一個具哲學論述性的影像世界，在她的電影中時間也被破壞掉，聲音與書寫概念成為電影的主宰。

（四）卡車與電影移鏡書寫

在莒哈絲的電影《卡車》（*Le camion*, 1977）中，也是有著類似的趣味。莒哈絲與傑哈·德巴狄厄兩人在討論《卡車》的電影劇本。劇本是一位老太太在公路上搭便車。一個卡車司機讓老女人搭了便車。整個路途老女人喋喋不休，而卡車司機不發一語。電影的畫面就交替在莒哈絲與德巴狄厄二人在客廳的討論與卡車經過的法國公路鄉村景色。《卡車》電影中，畫面上卻從未呈現出卡車上的司機與老女人。《卡車》藉討論電影劇本，卡車行駛的畫面，成為一部電影；電影的內容為討論電影劇本。在這個邏輯下，這部《卡車》，是一部還在討論的劇本？還是未拍的電影？還是未完的電影？在電影中，莒哈絲所言的，「這就是世界的盡頭」，不禁也令人好奇，這是想像的盡頭？或是電影的盡頭？這也成為這部正在討論的電影的有趣之處。觀眾看到是他們的想像？還是只是影像而已？一種純粹的觀看？

（五）我要愛你，我愛你

《西撒黑》（*Césarée*, 1978），在過去台灣的影展，被翻譯成《一代女王》，大陸則是取音譯為《塞扎蕾》。台灣的《一代女王》的翻譯是接近電影的畫外音中所描述的故事，這個翻譯只取了旁白敘述的猶太女王的二分之一的故事。大陸所譯的《塞扎蕾》為從語音的翻譯。從法文的發音來進行中譯的話，《西撒黑》應該是比較接近的法文的發音。至於《Les mains negatives》（1978），在過去影展時，台灣採用了《搖手否認》的翻譯，至於大陸的譯法為《否決的手》。這二個譯法，都只是從文章的篇名去翻譯。莒哈絲在她的著作中，曾為了這篇文章下了一個註腳，她所說的《Les mains negatives》所指為在歐洲面對大西洋的史前洞穴中的壁畫上的手印。台灣也有把這篇《Les mains negatives》譯為《手的印記》，這個譯名是取單數的譯法，而在法文的文章名稱中，「手」為複數的手，因此，筆者把這個作品譯為《多手印記》，接近原文也接近作品複雜的多，以及形式與意義的多。

在《多手印記》（*Le mains negatives*）短片中，聲音與畫面也是完全的分離。在史前洞窟中，史前人類把他們的手放在岩石上，再用可以塗畫的有色畫畫材料把手的輪廓給描繪出來，一個手印因而留下來，手呈現出中空的圖案。手如負片留下印記。這些史前洞窟的諸多的手印，讓莒哈絲著迷瘋狂。莒哈絲認為這些留下手印的史前人，皆是為有愛情的動物，他們去碰觸影像，就如同拍電影一樣留下一個真實的痕跡。這些諸多的多手印記，在藝術史上是絕對的神祕，絕對是最初的影像的吶喊。正如莒哈絲在《多手印記》的短文的書寫，與短片的畫外音，一再地寫著她在呼喚著，而且「我要愛你，我愛你」。這個愛是對誰的愛？你是何人？史前人或讀者？或是坐在電影院觀眾席的觀眾？

《多手印記》的短片中，電影是在夜色將近開始，巴黎的街道還是在黑暗當中。曙色漸明，巴黎早起的店家與行人，攝影機在巴黎的街道上移動，從香榭大道開始，在巴黎歌劇院附近，最後到巴黎的義大利大道。巴黎街道上滿地的垃圾，以及拿著掃把在打掃路面的黑人工人。當然，這部短片的前衛性也在政治的議題下展開。在歐洲面對大西洋的地區，法國的Sud-Atlantique的馬格德林（les grottes magdaléniennes）時期的洞窟，與在巴黎街道的黑人清潔工，明顯地表現了法國移民工人與底層的問題。在聲音上是談著史前的手印，畫面是髒亂的巴黎，聲音與畫面相互對峙，在聲音與畫面的交會處的參照，它的唯一的可能的歸屬與可能，是「我愛你」、「我在呼喚你」。藉著愛的呼喚，把電影對真實再現的印記解放出來。藉著我將愛你，和聽見我呼喚的人，把非洲的移民工人解放出來，因為有愛可以包容這些為法國努力工作的外國人。而不是法國右翼政黨，他們只想驅趕外國移民。莒哈絲的短片中政治性，也是充滿詩意和愛。正是她作品憾人的力量。

(六) 我叫奧蕾里婭·斯坦納

在莒哈絲的短文集《黑夜號輪船》（*Le Navire Night*）中，她寫了三個同名短文，均為奧蕾里婭·斯坦納：三篇的短文皆為同名，但在三篇短文的結束有了差別，第一篇的結束為：「我住在墨爾本（Melbourne）我的雙親在那裡做教授，我十八歲，我在寫作。」第二篇的結束為「我叫奧蕾里婭·斯坦納。我住在溫哥華（Vancouver），我的雙親在那裡做教授。那時我十八歲。我在寫作。」第三篇的結束為「我叫奧蕾里婭·斯坦納。我住巴黎，我的雙親在那裡做教授，我十八歲。我在寫作。」三篇短文，風格有差，小情節有別，但三篇主要的區別，反而是在浮動的地點，溫哥華、墨爾本、巴黎，作為主要的差異化。

在莒哈絲的電影文集《綠眼睛》（*Les yeux verts*），則出現了五篇與奧蕾里婭有關的短文。在《痛苦》（*La Douleur*, 1985）的小說中，很奇異地收錄了《奧蕾里婭·巴黎》的短文，文章結束為「我叫奧蕾里婭·斯坦納，我住在巴黎，我的父母在那裡做教授。我十八歲。我在寫作。」，在莒哈絲的晚期，出版了《揚·安德烈亞·斯坦納》（*Yann Andréa Steiner*）。對於讀者，莒哈絲的晚年伴侶揚·安德烈亞，為世人所知。但加了一個「斯坦納」後讓這本小說的指涉更複雜。誰是奧蕾里婭？是溫哥華、墨爾本、巴黎？還是歷史不能忘的集中營？一個讓人有罪惡感的名字？

電影的《印度之歌》與《加爾各答的荒漠裡她的名字叫威尼斯》被莒哈絲建構成一個中南半島的連結迴路。那麼，奧蕾里婭·斯坦納也是，但是卻指向西方猶太人的問題。奧蕾里婭·斯坦納的電影有兩部短片。一是《奧蕾里婭·斯坦納（墨爾本）》（*Aurélia Steiner Melbourne*, 1979），另一為《奧蕾里婭·斯坦納（溫哥華）》（*Aurélia Steiner Vancouver*, 1979）。這個電影系列同樣耐人尋味。

《奧蕾里婭·斯坦納（墨爾本）》中，莒哈絲把攝影機架在塞納河的船上，攝影機沿河浮移漂航，經過巴黎市的橋，一座又一座，第一座橋應該是Alexandre III，接著Concorde橋，Royal橋，Carrousel橋，藝術橋，新橋，Change橋，聖母橋，d'Arcole橋，沿塞納河而下，一直到Bercy橋。汽船的馬達聲達達地叭叭地響著，這部短片在塞納河上泊航著，電影是以水的移動在書寫。每經一座橋有如一段文章的段落，每經橋下的黑暗，召喚更多的奧蕾里婭的記憶。浮動漂移的電影，正如奧蕾里婭·斯坦納多元多變的浮動。攝影機時而拍河岸巴黎建築，時而天空，時而橋上行人，甚至橋身的岩石雕刻花紋，時而浮動塞納河水面。電影畫面與畫外音的關係也因此變得更多重。莒哈絲她用自己的聲音在讀這封情書，書信的內容成了畫外音，聲音的部分觸及了猶太的大屠殺，及人類的愛，因此，在意義上更複雜，因此，船在航行塞納河時，也會讓熟知法國歷史的人想起巴黎塞納河有過的屠殺慘劇，過去的巴黎公社及一九六一年阿爾及利亞戰爭時的塞納河屠殺事件。意義浮動、歷史指涉複雜，塞納河浮動，或是有點藍黑色的河流可能是一條歷史的血河？因此，聲音與影像對峙的過程中，仍有太多歷史與意義被指涉了。

莒哈絲在畫外音的部分，陳述了奧蕾里婭的雙親死去，在東德的集中營、西伯利亞或某座島嶼。因此，在某種程度上，她的出生對她母親而言就如同死亡經驗，出生就如同罪惡感。而奧蕾里婭的陳述，很快地轉向了一個年輕的水手。雙重的對人物的敘述，一為過去的雙親，一為年輕的水手，兩者不斷交替，直到混淆。莒哈絲刻意讓電影文本中的聲音敘述失去中心。但又同時，建立了某種雙重系統，即是它是一種雙重併置卻同時可以彼此取代的敘述。

而在《奧蕾里婭·斯坦納（溫哥華）》這部電影短片中，所展示的影像又不一樣。影像為海灘、黑色沉重的岩石、成堆的原木、廢墟般的場地、空屋、大部分皆為固定鏡頭，很常出現的淡出（fade out）的鏡頭，當然還有重複出現的字卡，書寫著奧蕾里婭的簽名。這個簽名是個奧蕾里婭的不在場，同時也是對她的召喚。

在《奧蕾里婭·斯坦納（溫哥華）》這部短片中也是同樣極端。它同樣地是某種替代的邏輯，而且挑戰了敘述的可能性。首先，在畫外音的敘述上就很複雜。劇情上的主要人物，奧蕾里婭她在敘事上，在這短片中成為一個消失的形象。女敘述者奧蕾里婭，她在鏡子前面看不清楚她自己的影像。當然這個畫面並未出現在電影畫面。在短片中莒哈絲把她的聲音借給了奧蕾里婭。因此，導演的想法與她電影中的人物之間的角色變化關係，也成為在人物形象上，敘述功能上的剪輯與顛覆。如果，在《奧蕾里婭·斯坦納（墨爾本）》，莒哈絲是在建立一刻意混淆的雙重系統，那麼在《奧蕾里婭·斯坦納（溫哥華）》中，則是一種替代的敘述。一個消失的形象，與借

© Etienne George/ Sygma/ Corbis

莒哈絲在拍片現場

出的電影導演的聲音。我們可以把這關係推論為奧蕾里婭的形象是不存在的，無法現身於鏡子之前，因此，莒哈絲的出借聲音也因此變得鬼魅。誰是這個奧蕾里婭？女敘述者？她的母親？莒哈絲（出借的聲音）？一個？二個？或三個敘述者？因此，在聲音敘述的辨別是高度混淆，而且有難度去理清。在電影的影像與畫面關係上，鏡頭與鏡頭之間，影像與影像之間有著非連續性。莒哈絲沉重的聲音，嚴肅的書信，讓電影的鏡頭與鏡頭之間的關係，變得沉重，鏡頭與鏡頭之間的剪接彷如電工的焊接，才結合在一起。直到電影中幾個攝影機運動的出現，才讓這個沉重感稍微去除。在《奧蕾里婭．斯坦納（溫哥華）》，在死亡的集中營中，奧蕾里婭．斯坦納的出生地，在敘述上讓人的心都糾住，有人為女嬰的奧蕾里婭偷取了因犯的湯給她喝，這個人是她的父親嗎？電影中海邊的波浪洶湧，被大海所威脅的村莊。這些影像是對聲音部分的迴響嗎？一個恐怖集中營的世界與一個反對著集中營的世界？最後，莒哈絲也是再度把敘述混淆，幫助過與救過奧蕾里婭的男人，都是佔住了她父親的角色。這個父親有點到處都是，他也是不停地在寫作。

因此，如果《印度之歌》構成一個中南半島的系列的話，自然地Ernesto也是童年系列。而奧蕾里婭．斯坦納的九個同名篇短文與二部電影短片，更是一個複雜系列。近似的書寫風格，卻有著極大差異化的思考。如此有才華的文學家與電影創作者，怎麼不叫人讚嘆稱好。

小結：

在一篇短文中能夠探論莒哈絲的電影篇幅非常有限，更何況她的電影是那麼地極致，每一部皆是電影史上的極端。莒哈絲的電影開創了自有聲電影以來的一個電影藝術的極致。電影的畫面變成附屬，聲音才是主宰。

此外，莒哈絲的電影創造了一個時空極致的典範。時間與空間絕對混淆，印度在Yvelins、越南在Bercy、恆河在法國，甚至如她的劇本，廣島在羅亞河、德國在Nervers。恆河的女子、緬甸的女乞丐、絕望的法國女人，她們身上都附載過多與不足的意義與指涉。這種符號的浮動性，與電影書寫的不確性也表現在莒哈絲的電影作品。

如何在這短文的結尾中，用比較不一樣的方式來呈顯莒哈絲電影的精彩與重要？莒哈絲的電影，若只是就故事情節而言，是與她小說中的文學世界相差不多的，那是中南半島的故事，她居住的諾曼第海邊的生活，猶太集中營的故事等等。故事中有極端的愛與絕望的愛，渴望愛與對愛的厭倦。在文本與文本之間，電影文本與電影文本之間，有著各成系列與迴路的互文性，在情節與情節之間有著斷斷續續的召喚與記憶，有如一座開放的文本與書寫的實驗，不斷地在產生書寫痕跡、重複情節、循環流動、皺褶與流變文本，作品是書寫與不斷地再書寫。因此，在不斷地再複寫的文本，讓每個作品都有了獨特的單一性、循環性，與無盡閱讀的可能。在再書寫的重複中，複寫出獨一無二的變化，即使是電影也是一樣的藝術手法。

至於，莒哈絲電影的獨特性，她是把電影的聲音與畫面做了前所未有的處理，她用她的聰明創造了新的電影的可能，甚至在某種程度上而言，她的電影為一種反電影。但她讓電影有了更多的可能，因此，莒哈絲的電影，如同梅里耶斯（Méliès），如同沃華（Warhol），她創新了電影。可能沒有人能超越，也無法超越，因為這是個極端，這是一切，這是個絕對。是的。如她。

劉永晧

法國巴黎第八大學電影與文學博士，現任世新大學廣播電視電影學系助理教授。專業領域為電影理論研究、電影與文學研究、當代藝術研究、家庭電影與日記電影研究。著有《小電影學：電影複像、轉場換景與隙縫偷渡》，台北，左耳文化出版（2010）。個人學術網頁 https://shih-hsin.academia.edu/YHLiu

徐堰鈴

迷・離。劫

我愛莒哈絲的愛法

如何複寫劇場文本、如何實作意識狀態

閱讀莒哈絲，從打開《寫作》這一本書開始。那陣子，無意中看見一篇評論，說易卜生寫海達這個角色的動機實在難以捉摸，簡直是莫明其妙。這樣的描述引起我的好奇，我開始很想導這一齣舞台劇《海達蓋伯樂》，但我看《寫作》看到一半，便開始交叉閱讀《勞兒之劫》。後來我心中的勞兒取代了海達，我創作了《沙灘上的腳印》（*The Tracks on the Beach*, 2010）。隔年，我繼續將《勞兒之劫》加上《副領事》、《印度之歌》、《愛》，以及莒哈絲本人拍的和一些別人以她本人和作品為題材的電影，或收納其他她的小說片段諸如《藍眼睛黑頭髮》、《揚・安德烈亞・斯坦納》，及她的愛人和女友之作《情人莒哈絲》、《朋友》等這些閱讀的感觸，延伸成為另一個作品：《迷離劫》（*Drifting*, 2011）。前者聚焦在勞兒這個女人，結構一再蛻變的形式；後者關注「凝視」本身，情節人物不停轉換，「感覺／情緒／情感的起伏」是結構進行到下一段落的唯一依據。我試圖接近意識流的劇

場具象化。

《迷離劫》的演員和場地，格局都比前作更大，戲最後的蘇菲旋轉裡，所有前面演過的情節或是情緒，在颱風眼（演員）的中心裡，其實都是安靜而空無的。兩劇除了依然有大量的舞蹈動作之外，更有許多歌曲。《沙灘上的腳印》的舞台，是一道可以發光的河流（它底下鋪著水管燈與聖誕燈，於是它曾經火紅漲著憤怒與炙愛，也曾經滿星斗安襯死之酣夢），和一張是病床也是臥床的椅子，還有三位樂手在現場演奏／唱，說著雅各與勞兒的故事；而《迷離劫》的舞台，像是網球場那樣兩旁有對等的階梯，場上有許多傳聲的話筒、麥克風以及受話的耳機等，我想對文字語言的表達，強調「聽、說、讀、寫」迴路裡的精神狀態，表明那是內在的世界為主的環境，並非情節的外表。靈感從討論音樂而來，我非常喜歡以「迴路」這樣的說法，指稱導演進行重組的工作，就好像我們在表演上會指稱「路徑」，來說明演員各自獨有的內在聯繫（地圖），將表演的「感覺」當作目標本身去接近。在我大學的時候很喜歡「逆向思考」的練習，記得研究所時我的表演論文題目，還試圖去說明在不同戲裡，演員存在著某種「身體連續」的性質。

「什麼樣的劇場方式會是文字性的？」但就像莒哈絲自己說的，她很懂得怎麼把文字煽動得像車禍，也很遊戲地把草稿和精挑過的字擺在一塊兒，誇張和隱藏，把「敘述」全數變賣給「謊言」似的，又或者說，本來就無關乎真假。《寫作》這本書強烈吸引我，因為一些舞台劇的演出。尤其像是《給普拉斯》、《給下一輪太平盛世的備忘錄》、《艾蜜莉．狄金生》、《莎士比亞悲劇簡餐》……這類與「詩／寫作／創作」高度相涉的身體經驗，讓我知道演員站在台上需要不斷「操演」作者的語言，也許才能嘗到他靈魂的小餅，在客製的口簧片裡呼吸他的世界。而詩人看出去最共同的景象，不是事件故事不是具體的顏色；不是黑暗，便是光。

因此，與其人生精彩度難分軒輊並難以評價的「莒哈絲其人與其作」，才是一個真正的材料範圍（更何況她都說自己要不是作家便是個妓女這麼聳動的話了），我在劇場唯一能做的，除了「平行書寫」別無他法。

模仿著、附和著二十世紀最有影響力、最富魅力與個性的法國女作家瑪格麗特．莒哈絲她的喉舌口腔似的，《沙灘上的腳印》與《迷離劫》這兩齣劇場作品的編劇，是我和姜富琴共同完成，我和她的討論過程中激發著靈感，延展著象徵與感受，但也充滿了劇本方向的歧見。許多的理解，我都是透過她的解說才開始啟悟，後來在《迷》劇中，我身為導演、她身為編劇的衝突癥結，我認為因由當時她對「情慾現場」的興趣比較多，而我對於「創作裏絡」的實驗則比較有感。這兩齣戲的絕大部分看到的結果，是隨著時間下，編劇、音樂和表演三者互動的發展作編織的。相較於當我真的站在巴黎莒哈絲一大面牆的小說作品前，反觀這非常短小的「沙灘拾荒」合作實驗裡，我領悟／操作著「手工藝式的時間」、「被批准的預感」、「聽與寫的迴路」。我開始接受我不可能擁有一片海洋，如果海水沖上岸什麼，我們就撿拾。我們所有工作人員開始編碼，在互相往來的電子郵件中，有個叫做「Keep Going」的檔案，開始從Keep Going 1，打算沒有終點地持續挖掘、收集這個作者和作品之間，所有的分析與聯想，這便是這場莒哈絲分享會的手工編織。許多概念，像是「Loop」、「雕像」、「身體如何墜落如何上升」、「現場身體與大

量錄音口白的感知錯置」、「異國殖民／情調」、「母親」、「讀者」、「雙數才是『有』」……等等概念，都從這裡變成劇場的美學，都可以轉化成任何一種舞台元素，一直進行到《迷離劫》更是這樣。「組合」是我最重要的工作。

《沙灘上的腳印》睡美人否認的指定動作

「王子應該要吻她，沒錯，應該是這樣。但是有人問過睡美人的想法嗎？如果她真的很想睡去呢？也許她的白馬王子早已來過了？」人們對她無法指稱、對她無所尋獲，被刪減、被截斷、被隱藏的名字：Lol. V. Stein。她的劫難，也劫持我們。在自述裡，確實也曾經最吸引莒哈絲的一個女人：「不能修改。不可能。這是我最想寫，同時也是我最難懂的一本書」。在之後莒哈絲小說裡的女人，也總是滲透著勞兒的原型：「自我遺忘」是藝術性格的自由境地，卻也恐怕反覆著情感上的墜落。而會不會是作者「太多愛」，而更揣想著與「無法愛」的關聯呢？我其實直觀地那麼確信她的「好奇」。情慾、感官、我、時間、邏輯、想像、筆法、行為、記憶、死亡……敘事鏡頭有時過於精密，有時過於草率，那些情調和滋味，為何那般引人入勝？我喜歡莒哈絲她無盡的才華、優美、憂傷。劇場裡的「勞兒計畫」，是一則「睡美人」的幸福寓言、一場迷人的愛情舞姿、一個否認的指定動作。由劇中擔任愛情列車長似的雅各、沉睡沙塔拉的勞兒，和音樂設計王榆鈞率領的樂手們同台演出。《沙灘上的腳印》主要以現場樂團和大量舞蹈動作的方式，在牯嶺街小劇場中，慢慢剝開一個個片段，但每個片段都在某個情節處戛然而止，刻意不說全的一種文體，又打破一般戲劇節奏，長短不一的結構，以及後半段突然滑入長段錄音的視聽感，都是在美學上的實驗。我在想，人也有種恐懼是關於記憶的空缺，不管這種「遺忘」是一種治癒能力，或是被強迫干擾控制的結果，但這個空缺，好像有一天一定會再次以別種方式襲捲你，讓你不得不逼視的一個空缺。這是我最早看《勞兒之劫》的第一感受。但這是雙向的，我天生的性情，會讓我讀到逆向的含義，所以，後半段錄音內容，雖是從原小說雅各和勞兒開始搭火車一路駛向小說結尾，但我讓現場音樂依然演奏，視覺上兩位演員做的卻是另一種動作邏輯：他們是一起練習舞蹈的夥伴。他們以不同的結構即興似地玩耍著，若有似無地對應著台詞點，但在突然一瞬間，女舞者瘋狂地違反地心引力地，不停地跳簡直是（優美地）起乩……男人看傻了，她的墜落或是極喜完全將他隔絕！在這點上，兩人又再度滑入戲劇的張力，回到原小說似地，無聲悲傷地回到各自

的狀態。女人最後在躺椅上似睡似亡，戲在男人緩緩悲傷地爬梯動作中燈暗結束。跟著出現歌唱和影像，漫蓋劇場的幾句畫外敘述：

〈等待自己成為自己〉
對與錯在時間軸上晃蕩
街道的浪聲襲過
漫到床緣覆蓋
在整片的黑暗中

我寫了幾首歌詞有用上的是〈Sweet 3〉、〈也許，什麼東西〉、〈從失去到失去〉（這首寫給雅各，靈感來自巴奈〈失去你〉），王榆鈞也寫了上面那首〈等待自己成為自己〉。而這幾首歌，後來也被王榆鈞收錄在她發表的同名音樂專輯《沙灘上的腳印》之中。這是我第一次和她正式合作，在演出之前我們的協議就是她盡量也把這個戲的音樂創作，視同為自己音樂創作的一段歷程。原因有三，一則是我付不起他們從設計到現場演出的費用，一則是這樣的平行創作，符合我想像中的平行書寫，一則是我希望除了現場演出，這個作品還可以有另一種保存形式可以繼續延展出劇場外，如同小說在人們的書房裡。〈Sweet 3〉是莒一向的大主題，如同《愛》裡頭，又或像《毀滅吧，她說》，似在黃昏餘暉背幕裡的三角隊形。是道德以外的世界，換句話說卻也是愛與慾，安全又自由的發展樂土。在《迷離劫》有個片段，兩男一女更直接呈現了這個圖像，現場地板投影出一本大書，緩緩被翻開頁面，他們直接呈現3P的優雅版，動作上三個人相依相隨，充斥停頓與慢動作的不同速度，但襯底的錄音內容，卻是這三個人輪流唸著《情人莒哈絲》這本回憶錄的隻字片語。他們活在書裡，活在寫作裡、活在酒精作用的背叛裡，也死在愛的幻想細處。

〈Sweet 3〉
So we together now
So we point the point now
So Safe and Free...
So we play the play now
Play it
Safe and Free

So my stranger...

dear strangeness
So sweet so strange baby, born
to me
I'm waiting like the wave I see,
like the moon lights her tracks
On the beach,
to tell me I still waiting: who I
should be
So that...I mean...
I mean...I mean...
So Sweet the you and she, the he
and she
The steps on the beach,
The following disappearing
So freedom bring the safe safety
If sea can believe,
All I asking
All birds receive
All music learning
we starting a softer hand,
To touch...
softer touch
All I need

〈也許，什麼東西〉是一次女影協會，邀請我去台北光點電影院內的表演內文，為影展共襄盛舉，游婷敬小姐給我的主題是「女性‧身體」。《沙》的劇組當時我去唸白、女演員魏沁如去舞蹈、王榆鈞吉他演奏。我想著，當女性身體不再自主的悲哀，當女人沒有任何籌碼去對抗世界時，她的身體也只剩空殼，一切的施捨、交易、霸凌，都是難以撫平的創痛，如果沒有人伸出手援助，一個女人可能就會在這世上這麼飄走。這段文字來得很清楚，幾乎是兩次即興跟著音樂和舞蹈就定案，後來還沿用到《沙》正式演出裡，轉變為雅各對勞兒的獨白。這是一次美麗的巧合，因為參加了色彩清晰的一段小表演，反而讓我揣想到，《勞兒之劫》裡的雅各，會不會是想要「拯救」一個病態女人，但又因為她美得不得了，他多少覺得自己是否在性念上，冒犯了「脆弱的」她？結果就是，他只能絕望又狂喜地走在她的腳跟後面。在某種程度上是男人略帶拯救的姿態，一如尾聲，男演員施名帥飾演的雅各，輕輕地領著閉著雙眼的睡美人跳舞，但他的愛永遠不會得到回應和回饋，縱使他在戲裡發了狂地找，中段還對現場樂手們突然大吼：「沒有音樂了！」然後樂手們真的退席到場外，一個男人還蜷縮在黑暗牆角處哭泣。

《迷離劫》愛的初始即已完整
你被慾望殺死過幾次？
你活過來了嗎？
吶喊愛……超現實的全湧
於是，那語音的混亂光輝
極溫柔

《迷離劫》企圖藉由混雜的語言系統，精準爭取現實情愛中，心靈書寫的自由。第二波的「莒哈絲劇場造景」，演出環繞著不懂愛／不會愛／不能愛的主題，表現多聲部之美，敘事本身整體紊亂的感動。不只三個女人在劇中，交換各自的沉睡狀態，交換故事的記憶；多過四個男人尋找開始與結束的答案，他聽見吶喊聲頻頻走調……。敘述愛情本身、投入對愛情的癖好，這與寫作的艱難、寫作的樂趣，有著無比的相似無比痛快之無法言喻！開始真正排練階段中，我向演員們溝通的是「靜默」、「爆發力」、「持續性」、「異國情調」、「羅丹」、「蘇菲旋轉」、「寫作」、「神」、「奇女莒哈絲」從這些個子題開始，作為和自身連結的創作切面。而角色處境的種種「不能遺忘」，也是此劇被我放大的人物情緒。由於個人流放在時間之外的回憶牽絆，這種痛苦，造成全劇主要的戲劇張力。

這齣戲有很多時間幾乎是靜止的身體狀態，大量幾近獨白的喃喃自語，也需要戲劇性張力的表情，這表情不只在臉上的「喊叫與耳語」，更要貫通在舉手投足間的，高大與優美外形之中，就如同雕像，在無聲中觸及永恆與死亡，如同愛，在廣大凝望與微觀凝視之中出生。這些在羅丹和其大理石雕像裡，我得到很大的感動；而在「結構行進的變化」上，將延續《沙》，時常有瞬間意外爆發的巨變、也有浸泡在長時間的晦澀難耐，還需要有時持續性的增強，這點，是因為敘事者／作家（劇中由朱宏章飾演）的出現，在《迷》劇中，就使得它的敘事角度更多重，反言之，也更平衡了；而關於蘇菲旋轉，之於我是慈悲與愛的力量，它是個讓人身體消失、讓精神重新灌入的舞蹈儀式，它也說明了之前所有台上的情節扮演與情緒，不過就是身為人的一些顫抖的能量。

這齣戲的劇名，是先有英文Drifting後有中文《迷離劫》。「迷」與「劫」，是延續《沙攤上的腳印》，「離」則代表了原鄉故土的、情人的、生死的各種別離，這三個字加起來我覺得挺對，但又一看，猛然想起了以前在金馬影展看過張曼玉演的《迷離劫》，一九九六年的影片，搭配上她與阿薩亞斯的戀情，聯想著眼前的莒哈絲，真覺得非常妙。該片劇情最後，所有人準備看試片，看到的卻是惡作劇，透過精神病患眼光底下，張曼玉的臉上被亂塗一通，那東方美人身型裡外，出現許多漫畫般的干擾線條，顯然，整個影片被這個劇中導演徹徹底底破壞了。我想起了弗蘭西斯·培根那突兀粗暴手勢的深處，我當然聯想起隱藏的佔有慾（無論何種形式的），以及暗示這個手勢之後，存有著那完完全全獨立個體的「我」的投射。這種干擾在《迷》中轉化為白噪音，顯示人物內心的紛亂與毀壞傾向。這種干擾也像細菌一樣，滋長成不同小說裡的人物在台上對話著（例如安娜與塔佳娜和勞兒，一起散步聊天的一景）。這種干擾也伸向觀眾的觀劇邏輯（例如片段之間並無連接，情節也從故事中間展開）。觀眾的反應很兩極，完全看不懂到生氣或是讚賞者皆有之。

舞台設計曾文通先生提供了視覺上的音階（兩相面對的階梯）之外，也增加了聲音的傳輸系統，有趣的是發聲的主體老在轉換或模糊；而服裝上的織布和裙子（男演員也穿），提供了我要的雕塑感和異國情調，使用布使我們覺得有助於新的詮釋，直擊核心的提醒：這是一群亞洲人演著一個法國女人的思維，而音樂創作上邀請陳建騏和王榆鈞，用意是試圖在古典和民族音樂上做更好的融合。李泰祥老師的模範就是我這麼想的緣由。這當然也是從莒哈絲生平的聯想，關於她的原鄉的描繪，女乞兒的形象，這條湄公河與那所謂沙塔拉，我們用了台灣原住民的音調去做變化（例如〈No Woman No Cry〉：「媽媽你為什麼要把我生下來？……妓女的頭髮，瞎子的眼淚，夕陽的死法，一朵朵遺忘……」），參考Sufi，學用Fado或Flamenco（例如〈痛快〉，一首讀者臣服於作者的告白：「……藤蔓從你的眼窩爬出，鑽進了我的肚臍……臉就是宇宙……心煮沸了海……」），這些都是生命的原力，對比於舞會場景的圓舞曲與小說家情愛場景的色調，我更喜愛這些民族音樂。〈什麼〉和以下的〈哪裡〉，是最早定調的詞。〈哪裡〉進行了將近十四分鐘的演唱、舞蹈、演奏，再回到演唱。而它的旋律也在最後的蘇菲旋轉中（也將近等長的十五分鐘結構）重現。

〈哪裡〉

哪裡張望
哪裡躺下
我看不到
盡頭在哪

哪個微笑
哪樣躲藏
你無所謂
傷痛懷抱

哪種細繩
哪裡容納
快的絕滅
慢的傲慢

哪裡哪裡
哪裡可以
哪裡哪裡
顫抖在顫抖

哪裡在顫抖
消失
之後就是
漂浮
（於是）哪裡

在顫抖顫抖

沒有嗎　沒有嗎　沒有嗎
千千萬萬散落的句子　沉浮
戰戰兢兢點燃的愛火　凝固
清清楚楚童年的樹蔭　閃爍
轟轟烈烈玩笑的生死　鬆脫

這裡　那裡
顫抖著顫抖
那裡　那裡
哭泣著顫抖
哪裡
跳動著顫抖
在哪裡
跳動著

愛（跳動　貼在水面的　書）

轉轉轉太快了
回　回不去了
哪裡就是那裡
終於
你說了
躺下
我信了

隨隨便便
戰戰兢兢
跳動著顫抖
愛　顫抖　愛　墜落
一次次造訪
一條條光白電火
一再再踮起腳尖
那死　一瞬間　前
踮起腳尖　踮起舌尖
踮起無畏　拆散雙腿雙眼
無論雙手雙腿
無止境的雙眼
或
雙生
的
我們

那裡

哪裡

我
我們

夕陽

以下是《迷離劫》全劇的句號。演員們身穿自己的便服，清唱著。旋律由起伏多變，字詞慢慢趨向單音，長長的單音。

〈來我樹蔭〉

回憶　錯誤　激情　聲音
印記　挑戰　文字　張揚
同情　渾沌　讚美　跨越
保留　建築　海浪　相遇
平等　尋找　凝望　永恆

圖片提供／莎士比亞的妹妹們的劇團

徐堰鈴

舞台劇演員、導演、編劇。中國文化大學戲劇學系專任、「莎士比亞的妹妹們的劇團」導演之一、「二拍子音樂工作室」藝術總監。曾為「亞洲文化協會」受獎人。近年導演《逆旅》、《迷離劫》、《Take Care》、《沙灘上的腳印》等作品；近年表演《不在，致蘇菲卡爾》、《如夢之夢》、《寶島一村》、《海納穆勒·四重奏》、《給普拉斯》、《少年金釵男孟母》等作品。曾出版創作劇本《2012 Pussy Tour》、《三姊妹》。

Duras suspendue
懸而未決的莒哈絲

繆詠華／文·攝影

楔子

某天，我看到這幅公元前四八〇年的畫，帕埃斯圖姆石棺蓋「跳水者之墓」，深受啟發。赤身裸體的運動員縱身一跳，墜落的那一瞬間，跳水成了飛翔，在這個穿越邊界的非常時刻，畫面凝結，跳水者懸在半空中……懸而未決……也就擁有了一切可能性。

帕埃斯圖姆石棺蓋「跳水者之墓」（公元前四八〇年），現藏於義大利帕埃斯圖姆考古博物館。

那時我剛翻譯完《懸而未決的激情：莒哈絲論莒哈絲》，她在訪談錄中提到自己的作品，正是如此說道「我永遠不會寫得太白，動作則懸而未決，處於未完成階段。誠如某種無聲的音樂。整體都還有待想像。」喏，可不是麼？不只是作品，莒哈絲本人，何嘗不是懸而未決，擁有留待所有莒迷想像的一切可能性呢？

於是，就有了這篇〈懸而未決的莒哈絲〉。

大學時首度接觸了她的《如歌的中板》，於是我認識了鬱卒的布爾喬亞婦女安妮，看到了安妮先生從前的僱員修凡，聽到了那聲劃破優渥安逸卻枯燥無趣的中產階級日常生活的尖叫，聞到了玉蘭花散發出來的慾念，嚐到了在一團黏糊醬汁裡動彈不得的「Canard à l'orange」（橙汁鴨）的苦悶，還有那死板板的冰鎮鮭魚，理解到了「絕對的接觸」、「絕對的愛」，那咖啡廳裡的一吻便是愛的極致，從而邂逅了——莒哈絲。

於是《情人》來了。於是我也頓時愛上了莒哈絲的中國情人，即便當時對莒哈絲在書中披露的是「慾望」而非「性慾」似懂非懂，依然就此成為無可救藥的莒迷，一頭栽入她所構陷的情人國度。於是我開始探索莒哈絲的一切……

於是我知道了一九一四年四月四日，本名瑪格麗特．潔爾嫚．瑪麗．道納迪厄（Marguerite Germaine Marie Donnadieu）的莒哈絲出生於法屬印度支那越南嘉定（前西貢，今胡志明市）。父親是數學教師，曾任河內法國中學校長，母親在當地小學任教。兩個哥哥分別為皮耶和保羅。小瑪格麗特七歲喪父（一說四歲），寡母帶著兩男一女、三個孩子先後住過金邊、永隆、沙瀝等地。一九二八年，在殖民官慫恿下，母親買下根本就種不出莊稼的一塊地，全家生活陷入困頓。一九二九年，年方十五，還在夏瑟魯普—洛巴中學就讀的少女瑪格麗特，戴著闊邊草帽、踏著超齡高跟鞋，在湄公河岸結識了中國情人雷奧（Léo）。母親告誡她「隨妳怎麼樣，就是別跟他上床。」情竇初開，初識魚水之歡的少女瑪格麗特當然沒把母親的話當一回事。而母親表面上告誡歸告誡，私底下卻因女兒搭上有錢大款可以改善家中經濟情況而鬆了一口氣。「還有就是，妳最好別跟他結婚，他畢竟是個本地人。」瑪格麗特的確沒跟雷奧結婚，兩人關係持續到一九三一年二月二十七日，十八歲的瑪格麗特搭船返法為止。

莒哈絲自一九四二年四月起，跟安泰爾姆搬進這間小公寓，就一直住在這邊，直到一九九六年三月三日過世為止。莒哈絲住的公寓在三樓（台灣的四樓）靠內院那邊。

跟瑪格麗特結婚的另有其人——羅伯特·安泰爾姆。一九三九年九月二十三日，她與羅伯特在巴黎第十五區區公所公證結婚，當晚新婚夫婿便因對德戰事吃緊，趕赴前線。隔年兩人搬到聖伯諾瓦街五號，文友不時上門高談闊論，德軍佔領巴黎期間，那裡還成了抗德祕密基地。一九四一年秋懷孕，欣喜若狂，對她而言「身為女人就是為了要當母親」，可惜隔年生下死胎，一個男孩。她深受打擊，一生都懷抱著罪惡感，「我本該予人生命，結果卻予人死亡」。

於是我也知道了一九四三年瑪格麗特出版了首部小說《厚顏無恥的人》，並將自己的姓改成了父親故鄉小鎮的名字——莒哈絲——瑪格麗特·莒哈絲於焉正式誕生。自一九四六年起，因新歡迪奧尼斯·馬斯科羅而與舊愛羅伯特·安泰爾姆離婚，但依然過著引人非議的「三人行」生活，共享聖伯諾瓦街同一個屋簷。只不過昔日好友迪奧尼斯成了莒哈絲的枕邊人，昔日伴侶羅伯特則成了孤枕獨眠於隔壁房間的好友。隔年，獨生子「烏達」出生，成就了莒哈絲升級為人母的心願。一九五○年年初，印度支那戰爭爆發，母親回到法國。自傳體小說《太平洋防波堤》出版，但因曾是「共產黨員」而錯失龔古爾獎桂冠。莒哈絲多部作品都受到這段描寫在殖民地期間的經歷影響，她的母親更是令她又愛又恨。

「我們一生中所遇到的人裡面，我相信母親絕對是最怪異、最難以預料、最難以捉摸的那位。」多年後，莒哈絲如此說道。

於是《情人》又搬上了大銀幕，雖說是由以《火的戰爭》和《熊》等片在世界影壇擁有一席之地的讓—雅克·阿諾執導，雖說莒哈絲對其導演手法頗不以為然，雖說全球莒迷因一九九二年由「英國」女孩珍·瑪琪演出那位西貢的「法國」小女孩而氣憤不已，法國女人卻因「les fesses de Tony Leung」（梁家輝的屁股）而頻頻叫好。於是我又看了《廣島之戀》的劇本和電影，聽到了她夢囈一般的重複短句，一句更高潮過一句，乃至於後來我於二○○三年應法國在台協會之邀，到坎城採訪影展時，還買了一張高兩公尺、長一公尺半的《廣島之戀》的巨型海報，至今都還未能找出地方將那對在一輪大紅落日

一九九三年，我從電視上翻拍了「莒哈絲這張傾頹的臉」。

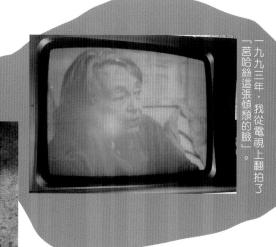

二○○三年，我來到她墓前，寫下「我愛妳這張傾頹的臉」。

前擁抱的日法囈語愛侶懸掛起來膜拜。於是我又看了《如此漫長的缺席》這部由莒哈絲編劇的電影，去前線打仗的丈夫回來了，獨守空閨的寂寞少婦雖然發現所謂的丈夫並不是真正的丈夫，卻默默（欣然？）接受，未予以揭發。於是我甚至還去了巴黎。

於是一九九三年，我從電視上翻拍了莒哈絲這張傾頹的臉。於是我也跟《情人》一開頭在某個公共場合大廳裡看到她的那名男子一樣，我也比較愛她現在的這張臉，這張傾頹的臉。

於是我去了她長眠的處所，在她墓前留下了這張「我愛妳這張傾頹的臉」的特大號字條。

於是我愛屋及烏，我也愛上了莒哈絲的同性戀小情人揚．安德烈亞。於是我乾脆開始自己翻譯關於莒哈絲的一切，二〇〇〇年我翻譯了揚寫的《這份愛》，說服了出版社出書，但最後終因版權問題而作罷。於是二〇〇二年我應法國在台協會之邀去了橫濱影展，當年主打的影片就是《這份愛》，二〇〇二年六月十九日，週三，天氣陰，涼爽，我在橫濱跟扮演莒哈絲的珍妮．摩露——這位莒哈絲口中跟她極為相似、「一生都被某股愛的力量所滲透」的珍妮——進行了短暫訪談。於是我又再度去了巴黎，又買了兩本莒哈絲傳記，其中推薦某出版社翻譯勞爾．阿德萊寫的《莒哈絲傳》，遭出版社拒絕，不過最後還是被大陸搶先翻譯，台灣以大陸譯本出版。於是我持續探索莒哈絲的一切，持續探索莒哈絲中國情人的一切，持續想弄明白莒哈絲究竟有沒有愛過她的中國情人雷奧？雷奧又是何方神聖？

於是我在伽俐瑪出版的傳記中終於看到了中國情人雷奧的照片，這張絕對的照片後來還成了《中國北方來的情人》的封面。於是我知道了他叫Huynh Thuy Lê，但不知對應的漢字為何？於是我鍥而不捨繼續查訪，終於從二〇〇六年四月三十日《紐約時報》所刊登的莒哈絲情人在西貢附近沙瀝黎筍街墳墓的照片上揭開了莒哈絲情人之謎，墓碑上刻的是「祖考黃水梨公之墓」，還將這個謎底記錄在拙作《長眠在巴黎》「莒哈絲」一節中。莒哈絲的情人原來就是……黃

《中國北方來的情人》封面就是黃水梨。

莒哈絲的情人長眠於胡志明市附近沙瀝黎筍街一帶，墓碑上刻的是「祖考黃水梨公之墓」。

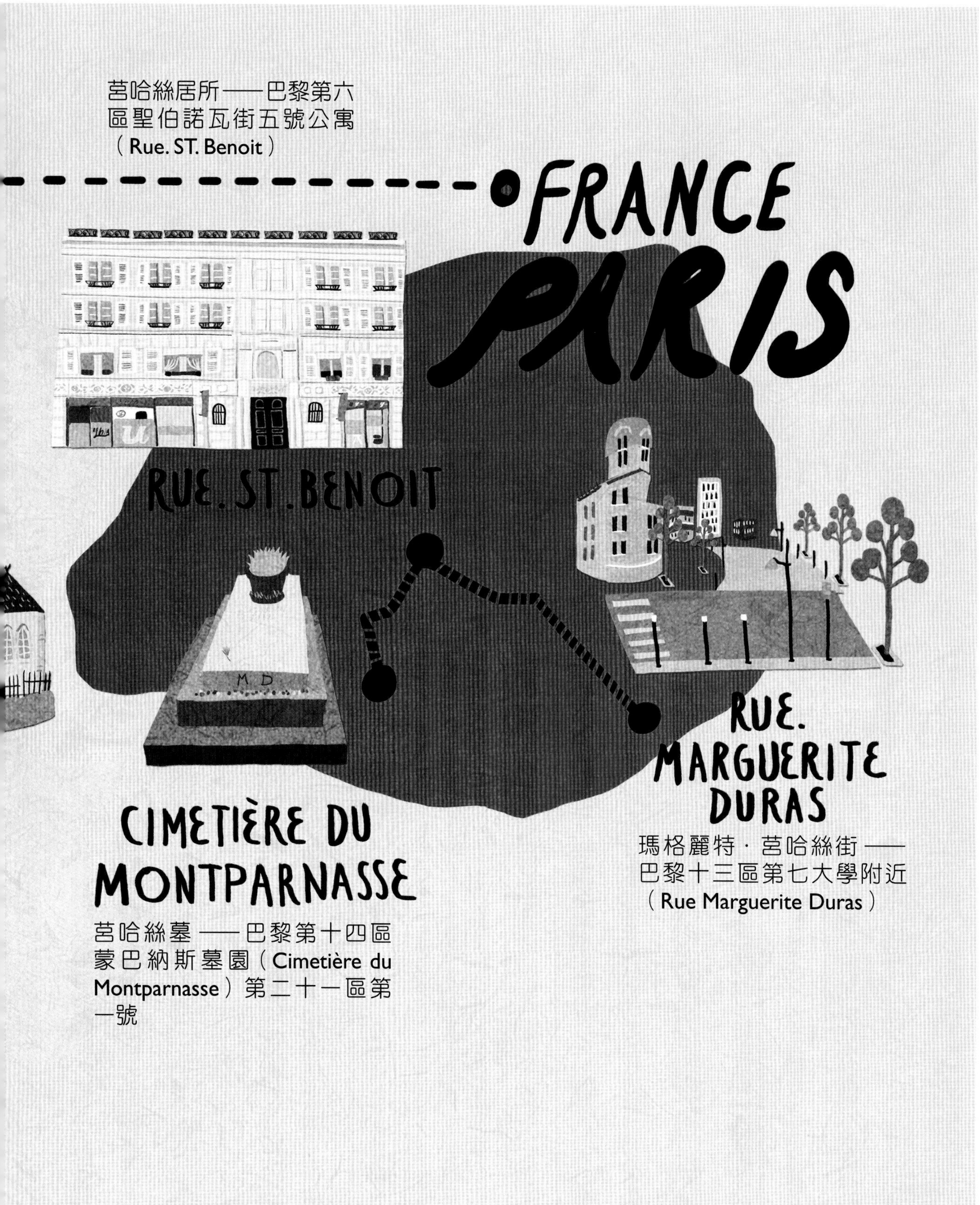
莒哈絲居所——巴黎第六區聖伯諾瓦街五號公寓（Rue. ST. Benoit）
FRANCE
PARIS
RUE. ST. BENOIT
CIMETIÈRE DU MONTPARNASSE
莒哈絲墓——巴黎第十四區蒙巴納斯墓園（Cimetière du Montparnasse）第二十一區第一號
RUE. MARGUERITE DURAS
瑪格麗特・莒哈絲街——巴黎十三區第七大學附近（Rue Marguerite Duras）

插畫／楊力龢

莒哈絲的法國散步地圖

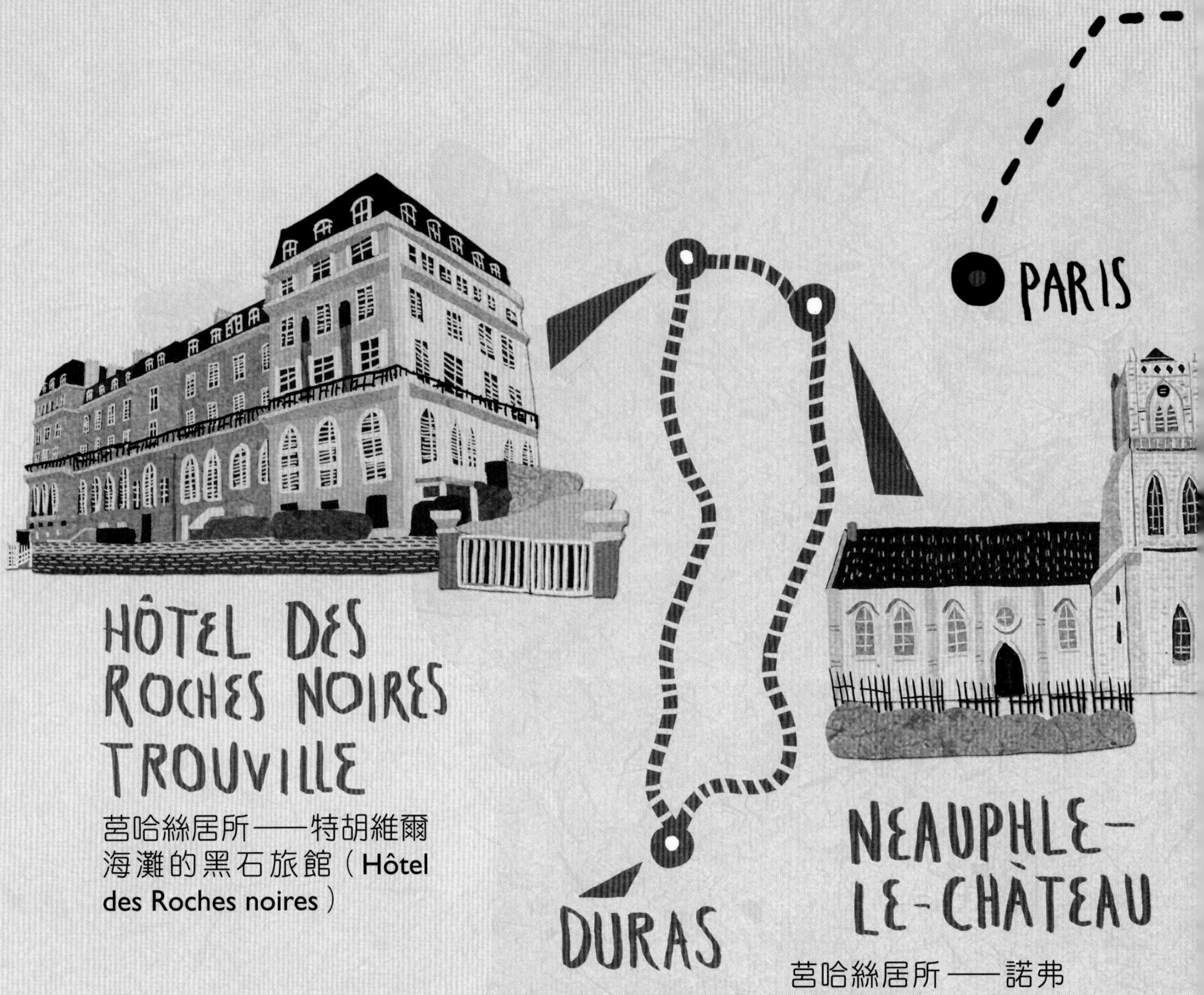

在我記憶中，有的地方比別的地方更能在我身上釋放出強烈激情：
這些地方，現在依然，我知道我沒辦法若無其事般地經過。身體很本能地就會認出它們。
——瑪格麗特．莒哈絲（Marguerite Duras）

黑石旅館（Hôtel des Roches noires），莒哈絲從一九六三到一九九六經常住在此地。

紀念牌上刻著莒哈絲的一句話「看著大海就是看著一切」。

水梨！

姑不論這個帶農產品風味的名字，影響了我對莒哈絲「情人」的多少想像，我持續自顧自地翻譯莒哈絲，二〇〇六年女性影展，翻譯了由她所執導的《黑夜號輪船》、《大西洋人》、《阿加莎或無限的閱讀》。於是我翻譯了莒哈絲，這段好美好美的文字：「然後，太陽升起，一隻小鳥飛過露台，沿著屋子的牆，牠以為這屋是空的，飛到離這屋那麼近。牠撞上了……一朵玫瑰；我喚作『來自凡爾賽』的那朵。猛然……動了一下，花園裡唯一照得到光的那朵，天光。我聽到玫瑰在顫抖，鳥兒撩撥，用牠翻飛的絲絨，我看了看玫瑰，她先動了動，好似活了起來，然後慢慢地，又成了朵普通的玫瑰」（《大西洋人》）。

於是我又去了法國，探訪她的黑石旅館，我看到這棟龐然大物，豎立在特胡維爾的海灘上。一九六三年，莒哈絲買下「黑石」旅館第二十七號房，當起普魯斯特的鄰居，蓋因普氏於七十年前也住過此地。於是我再度驗證了莒哈絲必定愛海的想法，「我寫海、風暴、太陽、雨、天氣、沿海地區的時候，我完完全全深陷愛中。」在《情人》一書中，她也曾多次以海、以浪濤來描述情愛、性愛，「他的愛像海洋」，就連莒哈絲最擅長的短句也彷彿時輕時重、親吻拍擊裸露島嶼的浪花與驚濤。於是我「潛入」這個私人住宅小區，我看到《大西洋人》裡面她的小情人揚·安德烈

二〇〇三年，莒哈絲逝世七週年，巴黎市將這條街命名為瑪格麗特·莒哈絲街以茲紀念。

黃水梨故居現已成了博物館，胡志明市的觀光聖地。

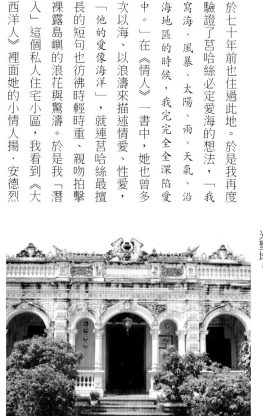

亞站著的那片落地窗。於是我看到就在黑石旅館旁邊有座階梯，還以莒哈絲命名，我看到莒哈絲不停提及的大西洋，那片海洋如此遼闊浩瀚，陽光自天空灑下，宣示著神蹟。

於是二〇一三年，我又翻譯了莒哈絲訪談錄《懸而未決的激情》，於是我想像自己是莒哈絲，戴上寬邊男式大眼鏡，穿著喇叭短裙、高領毛衣、黑背心、厚底鞋，摹仿她纖細又慧頡、犀利又尖酸的言辭。於是我持續探索窮白人少女瑪格麗特究竟有沒有愛過原住民土豪黃水梨？「我愛這個男人對我的愛，還有那淫慾，每次都被我們倆天差地遠的歧義所燃燒。」莒哈絲如是說（《懸而未決的激情》第七十頁）。

於是我又去了巴黎。我去了巴黎十三區第七大學附近的瑪格麗特．莒哈絲街。於是我又去了聖伯諾瓦街五號，從樓下仰望三樓，想像著莒哈絲正在準備拿手菜，加了二十三種香料的越式沙拉。於是我又去了蒙巴納斯墓園第二十一區，寫下這首瘸腳的小詩：

法國巴黎第十四區蒙巴納斯墓園第
二十一區第一號
這是我最愛的法國女作家的地址
我有一封信要給她
是一封快遞
數十年後，我會親自帶給她
瑪格麗特．莒哈絲女士親啟

於是……那顆懸在眼眶中遲疑不決的淚珠……這次……終於落了下來……

莒哈絲長眠於巴黎第十四區蒙巴納斯墓園第二十一區第一號。

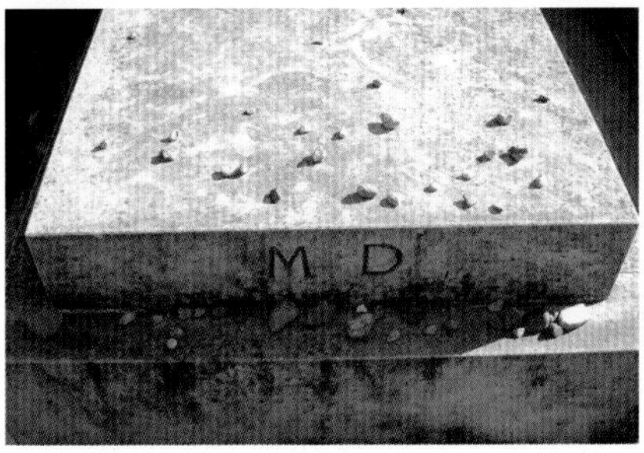

愛她的人，都叫她MD。

繆詠華

翻譯維生：譯有包括莒哈絲執導的《大西洋人》、《阿加莎或無限的閱讀》、《黑夜號輪船》等影片數百部，以及《懸而未決的激情——莒哈絲論莒哈絲》等各類書籍近二十部。

書寫自娛：著有巴黎系列《長眠在巴黎》、《巴黎文學散步地圖》，現正進行另外三個主題的書寫。

法國百年時尚

辜振豐

巴黎時尚能夠揚威國際，要歸功於產業政策和王公貴族的推波助瀾。封建時代，上流社會本身具有強大的經濟力，每天打扮得漂漂亮亮，支撐服飾產業。十九世紀中期，法國大眾社會的登場，上流人士親炙名牌商品，中產階級更是一股消費生力軍。到了二十世紀，法國名牌廣納各國設計人才，巴黎便躍居為世界時尚中心。

回顧過去，十七世紀，路易十四是老時代的型男，身高約一六〇公分，為了表現帝王的威嚴，特地穿上高跟鞋。他從小長髮披肩，堪稱美髮王子，但到了二十歲，頭髮日漸稀少，於是開始戴起假髮。平時，部下更到全國各地蒐集美少女的頭髮，以製作各式各樣的假髮。此後，大臣貴族為了阿諛奉承，個個戴起假髮，這種現象在路易十三時代並未普及。

過去投石黨作亂和農民起義時，其間巴黎的皇宮一度遭到包圍，路易王乃落荒而逃。此外，路易曾經到財政部長富凱的城堡做客，眼見這座城堡的富麗堂皇，嫉妒又羨慕便興起興建凡爾賽宮。攝政大臣馬札然去世後，路易十四開始親自掌握政權，為了削弱各地貴族的實力，防止叛變，於是命令各地有力貴族集中住在凡爾賽。路易帶頭掀起服飾熱潮，而貴族為了互相爭奇鬥豔，便花下大筆金錢治裝。

當時的大航海時代，葡萄牙和西班牙捷足先登，法蘭西身為後進國，採取不同的策略，祭出重商主義，禁止奢侈品輸入，獎勵製造業和本國產品輸出。法國皇室頗有遠見，畢竟流行時尚的美學意識絕不能侷限於統治階級而已，因此開始大力發展時尚產業。路易十四任用柯爾貝（Colbert）擔任財政總監，並由他擬定時尚產業政策。當時，柯爾貝指出：「對於法國而言，時尚產業發展起來，可以比美西班牙在中南美洲挖到的金礦銀礦。」這句名言到現在法國政府的產業發展中依然受用無窮。

一開始，柯爾貝成立「皇家時尚會社」，將布商和裁縫師的行

老型男路易十四

圖片提供／達志影像

業分開。以裁縫行業而言，舉凡徒弟制度、薪資、工作時間都有嚴格的規定。為了避免雙方競爭，嚴格禁止裁縫師販賣布料。顧客要訂縫製衣服，必先向布商購買布料和附屬品，然後再找師傅製作。一六七五年，他又下令成立「女性裁縫行會」，負責製作女裝和女用內衣。而且規定女徒弟必須向師傅學習三年，才能執業。

皇室指定里昂為布料製造中心，不僅聘請義大利師傅到法國教導工人織布技術，而且還有來自威尼斯和法蘭德斯的刺繡師傅。里昂便日漸成為絲織中心。十五世紀的文藝復興時代，義大利半島率先發展商業，市民階級逐漸形成，如當時佛羅倫斯的美第奇家族雖然以銀行業起家，但後來也將紡織業經營得有聲有色。可見法國皇室就是看準義大利先進的紡織技術。

目前名牌服飾要造勢，必須經由服裝秀和模特兒，並透過電子媒體和文字媒體廣為宣傳。但當時人形是非常重要的媒體，而人形的材料不外乎蠟、木材以及陶器。一方面，服飾店會擺放穿著新衣服的人形，另一方面裁縫師也會將一座座人形帶到各國的宮廷，以便讓那些上流貴婦仔細觀看，然後再向她們取得訂單。

十七世紀，印刷術越來越發達，尤其是時尚版畫逐漸取代過去的人形。面對新時代的來臨，法國一些出版社開始推出時尚版畫，並且大量外銷。接著，法國的時尚雜誌更是風起雲湧，到了十八世紀末，時尚雜誌舉目可見。

一七八九年，法國爆發大革命，路易十六和皇后瑪莉·安托奈特(Marie Antoinette) 遭到革命黨逮捕，四年後，他們倆先後被推上斷頭台。值得一提的是，瑪莉皇后的罪名是「浪費」！不過，如今巴黎時尚能夠揚威世界，這位皇后功不可沒，看來歷史大事每隔一段時間總會產生不同的解釋。

一七七〇年五月十六日，瑪莉和王儲路易在凡爾賽的教堂結為夫妻，當晚在巴黎的所有皇家庭園一律開放給民眾參觀，但市內一

歐仁妮皇后是法蘭西第二帝國的時尚女教主

圖片提供／達志影像

開始施放焰火時，突然間，天候大變，繼而雷雨交加，群眾只好散場，事後大家覺得這是凶兆。回顧過去，波旁王朝和哈布斯堡王朝雙方勢不兩立，但後來雙方為了緩和敵意，便透過政治通婚來解決。但這對年輕夫婦掌權後，面對的是以人民為重的啟蒙時代，加上他們各自都有大缺點，根本無法抵擋新時代所衍生的革命浪潮。路易十六既懶散又愚笨，而瑪莉天真、輕率、散漫、自以為是。她身為奧地利女王瑪莉．德蕾莎的么女，讓女王十分擔心，在婚前兩個月每天晚上都跟她睡在一起，時時告誡她嫁到法國，要好好扮演輔助丈夫的角色。

瑪莉皇后平時驕奢成性，在宮廷內外大搞男女關係，而對人又擺出一副高高在上的姿態，如此一來，在朝無法得到朝廷大臣的尊重，而在民間也不得人心。當老百姓沒有麵包可吃，她還拚命花費公款。等到鋃鐺入獄後，腦筋逐漸清醒，用盡千方百計要營救全家，但為時已晚。

從時尚的角度來看瑪莉皇后，她的打扮倒是兩極化：有豪奢的一面，也有簡樸的一面。過去，所有裁縫師傅必須加入服飾行會，而且只准男性參加，但到了一七七六年，女性也可以入會。服飾行會旗下的裁縫師，除了接受顧客訂製服飾，還會設計配件。這一群師傅雖然是小商人，但顧客大都是王公貴族，所以本身享有許多特權。

例如，瑪莉皇后的御用女裁縫師羅絲．伯頓（Rose Bertin）還被稱為宮廷的「時尚大臣」。她是位精明的女商人，不但在巴黎聖．奧諾赫大街開設服飾店，同時也打出設計師品牌。她為瑪莉皇后設計服飾遵循向褶邊的洛可可傳統，而且引入當時流行的英國時尚。她不受制於過去的設計理念，敢於創新，因此許多巴黎的上流社會的女士紛紛湧向她的店裡，並下起訂單。

十八世紀的新古典主義受到希臘羅馬文化的影響，主張回歸大自然，而盧梭也大加附和。當時瑪莉也認同這種思潮，因此在凡爾賽宮的一個角落，建立一座鄉間農舍，有時候自己就暫時遠離宮廷的奢華生活，頭頂輕便的女用帽子，穿著棉質的白套裝，扮演牧羊女的角色。諷刺的是，她遭到指控浪費公款，但她這種簡樸的服飾在大革命期間卻十分流行。

從文化史的角度，彭芭杜夫人、瑪莉皇后、歐仁妮皇后——這三位名女人為巴黎時尚奠定基礎。路易十五的愛人彭芭杜夫人在十八世紀塑造洛可可的華麗時尚，並成立沙龍，贊助文人和藝術家，博得美名。

十九世紀中期，法蘭西第二帝國登場，歐仁妮皇后除了參與政事之外，大部分的精力都用在推廣產業。其實，她對於拉抬法國名牌商品的貢獻可謂無與倫比，在她的加持下，沃斯的高級訂製服、LV皮箱、愛馬仕的馬鞍、嬌蘭香水、卡地亞寶飾開始揚名國際。

當時法國的階級分明，即使在消費領域也是涇渭分明。一般而言，上流名媛貴婦的服飾是出自於沃斯的高級訂製服店，中產階級則到百貨公司購物，而下層民眾只能到中古的跳蚤市場尋寶。但有趣的是，百貨公司的商品往往是模仿名牌商品而成為所謂的「山寨版商品」。

二十世紀初期，設計師香奈兒更為巴黎時尚注入新血。她洞燭新時代的來臨，但並未擁抱上流文化，而是掌握摩登時代的極簡風格。在她眼前，早有前輩設計師普瓦雷，突破舊有的框架，拋棄束腹馬甲（corset），推出圓筒型女裝。但香奈兒認為，這還有進一步發展的空間。她從神父修女的黑白制服得到靈感，鋪展黑白色系，並將漁人裝和囚犯條紋制服的元素挪移到女裝。在她看來，新女性要在職場跟男人一較高下，其服飾一定要活動自如。

其實，她也體認到充實學問和閱讀文學作品，才能夠提升設計的內涵。在事業如日中天之際，開始出資贊助文化藝術。她也開始訓練自己的文筆，日後推出新服飾之際，香奈兒每每能夠親自撰寫宣傳稿，以便造勢一番。二十世紀初期，適逢俄國革命，享譽歐美的俄羅斯芭蕾舞團流亡到巴黎，香奈兒開始和團長迪亞基列夫建立關係。她出資援助，而日後更為舞團設計表演服裝。此外，她也聘用一些手藝精湛的俄國流亡女貴族擔任裁縫師。

此後，法國服裝設計界更是人才輩出，如迪奧、聖羅蘭、紀梵希、高第耶。到了世紀末，法國名牌更廣納外國設計師，強化設計力。目前，各國品牌的新裝要亮相，依然選定法國為第一站，因此，巴黎是全球時尚中心。

辜振豐

寫作、演講，也任教於板橋社區大學。長期研究流行時尚與消費文化，解讀歐洲文化深入淺出，獨樹一格。著有《布爾喬亞：慾望與消費的古典記憶》、《時尚考：流行知識的歷史祕密》。譯作有波特萊爾《惡之華》、《巴黎的憂鬱》。

吳克希

莒哈絲——同代——作家——與——文壇

印度支那進行式

莒哈絲與那些人

圖片提供／達志影像

一個人的一生，不管成就了多少事，到頭來只會凝練出一種決絕的姿態，由時光琥珀封存在文明的資料庫裡。

莒哈絲最決絕的姿態，自然是《情人》。這個姿態最想訴說的，不外是小說開始沒多久就蹦出來的這一句：

「我有一張毀敗的臉。」

J'ai un visage détruit.

寫下這句話時，她已經七十歲了。但很少人敢像她這樣，老得如此坦白而慘烈。

她一方面是那個萌到不行的美少女，輪廓深邃而柔軟，看來就像個歐亞混血兒，簡直在證明她的殖民地出身。儘管，她的父母都是自覺甚高的法國人，當初為了響應政府號召而走上殖民的不歸路。

然後，幾乎是一夕之間，她就像被魔法詛咒似的變成一個膠框眼鏡歐巴桑，一杯接一杯的酒，一口接一口的菸。她八十一歲死於喉癌，人生有時也未免太像香菸紙盒上的警語了。

這組兩極化的形象強烈到有某種設計感，或者說在她的存在本質裡，先天就埋有這種參差對照的DNA，以至於她在各方面都會顯化出一種二聲部的對位結構。

像她一直保有一股夢幻的少女氣，天真而困惑、入世而直接，你以為她在碎碎念，冷不防又機鋒世故，刺你個一針見血。

她又是我手寫我口的箇中好手，說話時有書寫的精準和纏綿，文字裡又有口語的遲疑和跳痛。有時候咄咄逼人，心狠手辣，所有的理由都是她家的，一轉眼又撒嬌、耍賴，完全了解女人的特權，忽然想到了什麼，又開始振振有辭……

莒哈絲風格，就是超萌美少女和膠框歐巴桑的奇妙合體。

神聖家庭

對越南出生的瑪格麗特來說，湄公河畔才是真正的原鄉：透明的大氣，亮晶晶的陽光，和小玩伴講越南話，撲通撲通跳進河裡玩水，樹上有猴子吊來吊去……她的世界是這樣開始的。

在法語學校擔任主任的父親不幸染上痢疾，抱病返回法國治療，隨即病逝。當老師的母親帶著瑪格麗特和兩個哥哥回法，在父親老家（洛特－加龍省的小鎮莒哈絲附近，鎮名就是日後筆名的由來）待了兩年，又轉回印度支那。

然而等在孤兒寡母前面的，卻是被上級調來調去的流動人生。性格剛烈的母親受不了這樣的安排，決定自己買地種田，不過由於不懂得賄賂之道，買到的地根本長不出東西。日子於是越過越窮，但母親卻又要維持白人的體面，繼續種族歧視，繼續看不起在地的一切。

莒哈絲與第一任丈夫詩人羅伯特．安泰爾姆（圖右）、第二任丈夫迪奧尼斯．馬斯科羅（圖左）。

© Collection Jean Mascolo/ Sygma/ Corbis

除了三天兩頭和歇斯底里的母親起衝突之外，成長中的叛逆少女還得面對更嚴苛的挑戰。她並不諱言她對兄長的朦朧情慾，尤其是跟她很親的小哥。當她和那位日後由梁家輝扮演的中國富家子發生關係時，她甚至在情人的身上摸到了哥哥的身體。

在自然慾望的面前，道德就跟過時的衣服一樣捉襟見肘。莒哈絲從一開始就贊成把它脫掉。

她其實並沒有多愛這位不算好看的異族情人，但他所代表的光環，卻遠比愛情更眩目。她喜歡他的纖細、溫柔、有錢，尤其享受跟他在一起的禁忌，這是對家庭對種族的雙重背叛。

初體驗的啟蒙持續了一年半。在媽媽、哥哥和情人永無止境的拉扯中，瑪格麗特只能選擇離開，回歸陌生的祖國。

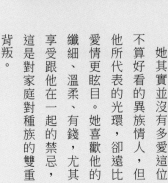

戰火中的曖昧

在巴黎攻讀法律和政治學期間，她結識了詩人安泰爾姆（Robert Antelme），她後來的先生。拿到文憑之後，她在殖民部找到一份祕書工作，還參與撰寫過一本充斥著種族歧視的宣傳手冊，《法蘭西帝國》。德軍開進巴黎，她也辭去公職，潛心創作。

她有了孩子，但初為人母的喜悅並沒有持續多久，小男孩一生下來就死了。而另一個小孩——她苦心經營的小說，也被伽利瑪出版社打回票。傷心失望之餘，她又轉進公職。不過這時已經變天了，她的新職務是維希政府「書籍組織委員會」的總書記，負責派發印刷用紙給乖乖聽話的出版社。這個工作也讓她認識一票文化人，還有一位「帥得跟神一樣」的新情人，馬斯科羅（Dionys Mascolo）。

馬斯科羅這位未來的作家正在伽利瑪當編審，他和小倆口開始來往，逐漸形成一個地下沙龍，聚會地點就是瑪格麗特位於聖伯諾瓦街五號的住處。隨著戰爭推進，這裡也成為知識分子和地下反抗軍的情資交換中心。

她又陸續認識了莫里亞克、奧迪貝提（Jacques Audiberti）、沙特、波娃等文化重鎮，快速催熟自己的美學和思想。不過對她寫作影響最大的一位，卻是當初退她稿的伽利瑪編輯兼文壇大咖，雷蒙·格諾（Raymond Queneau）。

儘管格諾認為她還不到位，卻看出小說中別樹一格的潛質，鼓勵她繼續修改。一九四三年，《厚顏無恥的人》終於由布隆出版社發行，二十九歲的莒哈絲正式出道。

隔年六月，安泰爾姆被蓋世太保逮捕，第一時間通知她的不是別人，正是日後的總統密特朗。莒哈絲決定涉險救夫，隻身前往蓋世太保總部打探。接見她的是一位文質彬彬的幹員，他答應幫她查出安泰爾姆的下落。來往幾次之後，彼此都有些異樣的感覺，她決定不再見面，以免越界。

巴黎解放之後，她先生並沒有立刻歸來。馬斯科羅在友人的協助下前往巴伐利亞的達豪集中營，這才帶回了瘦得像乾屍的安泰爾姆。然而物換星移，一切都不一樣了，莒哈絲耐心等他養好身體，再提出分手。一九四七

對莒哈絲寫作影響最大的一位作家，是當初退她稿的伽利瑪編輯兼文壇大咖雷蒙·格諾（Raymond Queneau）。

© Jacques Haillot/ Sygma/ Corbis

艾德嘉·莫杭（Edgar Morin）

年，馬斯科羅成為她的第二任丈夫，兩人隨即生了一個男孩，填補了先前的遺憾。

烏托邦國際公民

一身反骨的莒哈絲極度認同社會主義，在烽火中加入共產黨。不過法共中央卻對她的「聖伯諾瓦街團體」頗有微詞，一些負面流言也不脛而走，莒哈絲置之不理。一九五〇年，她收到一封通知，正式被開除黨籍。

戰後的聖伯諾瓦街團體已經成為一大文化勢力，成員名單裡赫然可以看到米肖、布朗修、巴塔耶、惹內、梅洛龐蒂、莫杭（Edgar Morin）這些傳奇性的作家和思想家。儘管他們大多都是共產黨，不過在戰後真空狀態的大氣裡，政治理念已經無可挽回地往無政府主義斜過去。這樣的傾向當然是不受教也不聽指揮的。

布朗修認為根本就沒有什麼團體不團體的，莒哈絲家人來人往，大家也沒一起出現過。莫杭倒是給了一個比較輕鬆的寫照：去就聊天，喝酒，作樂，莒哈絲四處走來走去，做飯給大家吃……

不過在被開除黨籍的同時，莒哈絲也出版第三本小說，《太平洋防波堤》，迎來第一波創作高潮。這本自傳色彩濃厚的殖民地小說叫好叫座，也進入龔古爾獎決選，可惜最後沒能出線。她自己的解讀是：他們不會把獎頒給一個共產黨。

精力充沛的她繼續享受當她的社交女王兼媽媽桑，招待來自四面八方的訪客，不時哄哄小孩，每天固定寫上三四個小時，直到阿爾及利亞戰爭爆發。

這場獨立戰爭一打八年，巴黎也隨之動盪。知識圈大多同情獨立運動，聯合起來反對過時的殖民政策，莒哈絲夫婦就是其中之二。她不但親上火線，組織集會遊行，同時還起草請願，尋求政府要員的協助，特別是已經當上內政部長的密特朗。

風格練習

由於參與過多的運動，莒哈絲的寫作時間大大縮減，經濟上也開始左支右絀。不過她在這個世上的使命遠遠不止於此。在看不到前景的時刻，《禁忌的遊戲》大導演克萊曼（René Clément）相中了她的《太平洋防波堤》，買下版權，也讓她買下一棟郊區房子。然後就像冥冥中的約定般，片子風光上映時，劇中女主角的原型——她的母親也正好過世。

野心勃勃的莒哈絲開始試著把近作《廣場》改編為舞台劇，雖然觀眾反應冷淡，不過重要的是戲劇找到她，她也找到了戲劇。

小說方面她也越寫越出格。別緻的句法、切片式的敘事、場景的曖昧等等特質都可以當成是小革新。好事者把她歸類為由霍格里耶所領導的「新小說」一派，不過她始終對抽象的理論興趣缺缺。她是感覺的信徒，創作只能忠於感覺，不能挪作他用。

從這裡也不難理解，為什麼她會說沙特的作品不叫書寫，而是道德說教。她也受不了羅蘭·巴特的《戀人絮語》，覺得裡面只有毫無生氣的雋永賣弄，一無可取。她看得太透了，所謂的人生就只是老老實實去經驗而已，任何歸納都太大言不慚了。

愛情上她也不肯妥協，和馬斯科羅漸行漸遠，兩人終於在一九五六年分手。不過就跟之前安泰爾姆一樣，他們還是繼續住在同一個屋簷下，也繼續各式各樣的合作關係。不用多久，比她小九歲的記者作家傑哈·賈洛（Gérard Jarlot）就帶著用不完的精力，闖進她的生命。

這位運動型的左派知識分子帶給她從來沒有體驗過的興奮。他們還一起幫一位名叫亞倫·雷奈的新銳導演寫劇本，結果，《廣島之戀》一炮而紅，她也挖到了自己的脈礦，完全確立莒哈絲風格。編劇情侶檔一時成為文化新寵，常常一塊腦力激盪，工作完了，再相偕去酒館狂飲。

事業愛情兩得意的莒哈絲如今已是跨足小說、戲劇、電影的三棲創作人。某天晚上，《塞納—瓦茲的高架橋》進行總排練，來了一位貴賓。貝克特離開時說了一句：太讚了！結果就被勞倫斯·奧利佛買下版權。

不過賈洛已經是人夫人父了，而莒哈絲則為了顧及體面，拒絕嫉妒。另一方面，她的行情水漲船高，而他的小說《吠貓》（*Le chat qui aboie*）卻四處碰壁，你來我往的妒羨心結，雙方都疲於奔命。儘管這本小說後來得了梅地西獎，而她正好擔任評委，但越來越不堪的衝突一再上演，直到他四十三歲心臟病發猝逝才告一段落。

影像與聲音

這時候，她也遇到了她的第一女主角：瑪德蓮·何諾（Madeleine Renaud）。

這位前法蘭西戲劇院的女演員已經六十好幾了，前陣子才因為扮演貝克特《美好的日子》裡的那個被嵌在地上的薇妮而轟動一時。為了詮釋莒哈絲的《樹上的歲月》（*Des journées entières dans les arbres*），她翻出作家母親的老照片，揣摩那位從殖民地前來探望兒子的老媽媽。當她第一次著裝出場，莒哈絲差點以為真是亡母走了出來……

她在八〇年代還為何諾量身打造了《薩瓦納海灣》。這齣「沒有角色的戲」實驗性強烈，後來也被納入法蘭西戲劇院的戲碼中。

然而莒哈絲畢竟是個行動派，光是伏案寫作導導戲，未免也太靜態了。六八學潮一來，立刻撥動反骨。她遊行示威、佔領大學、寫文章、想口號、整夜整夜跟人家辯論。後來又和波娃、影星凱撒琳·丹尼芙、珍妮·摩露等人共同簽署「三四三宣言」，積極推動墮胎合法化。此外，她還是國際特赦組織的一員。

她現在也嘗試拍電影，而且很快就

找到自己的語彙。她不直接交代事情的發展，而用緩推的節奏、鋪天蓋地的音響來營造儀式性的氛圍。她也不用現場收音，寧可後製或前製。根據她自己的說法，這樣的對話者就不再是銀幕上的男女主角，而是他們的本質。

一九七五年的《印度之歌》就是一個頗受讚譽的例子。片中的配音是演員在拍攝前就先錄好的，有時還會出現別人的配音。所謂的記憶只是不確定的碎片，而我們的存在就架設在這般不穩定的基礎上。

她已經開始酗酒了，還喝到被送進醫院。戒酒排毒的過程尤其痛苦，「那就像人家把炸彈放進你身體裡面，但就是不會爆炸。」

在幽暗冰冷的孤獨中，她突然想起五年前見過的一個年輕粉絲。兩個人開始通信，通話，見面。她收留他。他成了她的新歡。她還幫他改姓。而且他是同志。

這位揚·安德烈亞（Yann Andréa）在她死後成為她的版權執行人，繼續守護著她。

情人人情

一九八四年的《情人》一上架就造成話題，還沒摘下龔古爾獎就已經嘩嘩賣出二十五萬本。莒哈絲在出版之前非常忐忑不安，不光是因為其中太過貼身的內容，也擔心這不是讀者期待的莒哈絲。不過一切都多慮了，這或許不是她最好的作品，但卻是她最成功的作品。

莒哈絲一躍成為媒體寵兒，在鏡頭前侃侃而談。聽她講話就像在看一場不動聲色又華麗典雅的即席表演，何況還有那些超勁爆的自體八卦，難怪舉足輕重的電視書評家畢佛三番兩次找她上節目。

她的文體也被大量模仿，其中最有誠意的首推仿冒作家杭波（Patrick Rambaud）。這位學舌高手以「瑪格麗特·莒哈耶」為筆名寫了兩本書，其中一本還叫《慕島之戀》，封面還裝成是子夜出版社（莒哈絲的東家）的出版品。

《情人》不久就進入電影籌備階段。不過她的健康每況愈下，還因為肺氣腫做了氣切，昏迷了五個月才醒過來。她出院時，拍片計劃已經交給導演讓-雅克·阿諾。兩個人試著合作，最後不歡而散。莒哈絲覺得受到排擠，拒絕承認該片的正當性，並在上映前夕出版《中國北方來的情人》，改寫情人故事。

一九九六年三月三日，莒哈絲在她住了大半輩子的聖伯諾瓦街五號四樓過世。不出幾年就爆發一場兒子與情人的戰爭。起因是她兒子在沒有徵詢安德烈亞的意見下，就把莒哈絲生前的食譜和一些廣播訪談結集出版，情人一狀告上法庭，結果兒子被判違法，《瑪格麗特的料理》禁止發行。

二〇一一年，七星文庫終於在眾人引頸期盼中推出《莒哈絲全集》的前兩冊，第三、四冊則預定於今年出齊，不無百年獻禮的意思。

瑪格麗特·莒哈絲，正式入廟。

吳克希

本名郭光宇，宜蘭人，曾於台北、新魯汶、巴黎、柏林等地研習社會學、哲學及古典語文學，現為自由撰稿人。

李黎／文．攝影

「情人」的身世

①

認識莒哈絲，開始於《廣島之戀》，最後是《中國北方來的情人》。廣島的日本戀人是虛，越南的中國情人是實；無論虛實，在她的作品和生命裡，一個東方男子是她永恆的愛戀。

在她去世將近十五年之後，我才去到越南，看到她的中國情人的家、情人的照片、情人的身世……

情人的家是一棟典麗的磚石宅第，面對著一條河。沿著河往東北方向過去，在跨河大橋還沒有興建起來的年代，人們在那兒搭乘過河的渡輪，通向對岸的西貢。這條河叫湄公河，這個地方叫沙瀝，距離西貢一百四十公里。就是在渡輪上，她和她的中國情人相遇。那年她還不到十六歲，他二十七。

莒哈絲在書裡一再提到，她的情人來自中國北方——滿洲，撫順。我第一次讀到就覺得奇怪，十九世紀的東北人會移民到中南半島？到了情人的家，我發現了：情人的祖籍不是撫順，而是福建。情人的父親是第一代移民，在西貢做房地產生意致富，十九世紀末建了這棟臨風面水的宅邸。廳堂掛著當地華僑贈送的金碧輝煌的慶賀匾額，上書「沙瀝福建會館總理兼財政／黃府錦順翁高陞誌慶」。既是福建會館總理兼財政，黃家是福建人是殆無疑義的了。

還有一項旁證。附近一條街上有座「建安宮」，當年華人修建這座廟時，一大部分是黃錦順捐獻的款項，至今看守廟宇的還是他們家族的人。廟裡供奉的是保安大帝——那是福建人信仰的神仙。

很可能是當年那個小女孩聽錯了。對於那個法國女孩，撫順和福建會有多大的差別呢？我無從得知她是始終沒有弄清楚她的情人的祖籍呢，還是有意地讓她的情人來自一個非常遙遠的地方和氛圍裡。可是，莒哈絲在一篇訪問裡說過：《情人》裡的人物和處境都是真實的，甚至「沒有一個逗點是虛構的」。

「情人」和他的妻子生了五個兒女，其中一個女兒在美國舊金山行醫。我記起許多年前在巴黎，晚宴上遇見一位來自舊金山的醫生，我們談起莒哈絲，醫生說：他的兒媳婦的祖父，就是莒哈絲筆下那位「情人」。英文裡沒有祖父與外祖父之分，現在回想，這位醫生的兒媳婦的媽媽，想

①情人的家前的河　②大門上的匾額，「情人」父親之名。③附近的建安宮　④宅前的西式廊柱　⑤ 附近的「福建學校」　⑥情人的家　⑦「情人」和妻子

必就是在舊金山行醫的那位黃家小姐，「情人」的女兒了。

晚年的他在法國與越南家鄉之間往返來回。一九七二年為了參加一個朋友兒子的婚禮獨自回到家鄉，突然中風病逝。他葬在離家宅不遠的墓園裡，雖然旁邊留有給妻子合葬的墓穴，妻子卻選擇長眠在美國。

而在巴黎的蒙巴納斯墓園裡，莒哈絲也是獨自長眠，在「情人」逝世二十四年之後。在她生命的最後時刻，可曾想到遙遠時空之外的那人？沒有了軀體，那樣的戀情，會存寄在哪裡？比血肉身軀長久得多的寄託……答案，是文字吧。

莒哈絲的墓很簡單，長長的棺槨的形狀，沒有立碑，名字和生卒年得靠近了俯視才看得見。朝外的那端刻了她的姓名縮寫，MD兩個字母而已。也許她並不覺得名字有那麼重要——Duras本來也不是她的原名。

在書裡，他倆都沒有名字。來到他的家，我才知道了他的中國名字：黃水黎，越南名是Huynh Thuy Le。對於她，這些大概也不重要吧。因著她的文字，沒有名字的他，成為永恆的情人。

李黎

本名鮑利黎，高雄女中、台大歷史系畢業，後出國赴美就讀普度（Purdue）大學政治學研究所。曾任編輯與教職，現居美國加州從事文學創作。曾獲《聯合報》短、中篇小說獎。著有小說《最後夜車》、《天堂鳥花》、《傾城》、《浮世》、《袋鼠男人》、《浮世書簡》、《樂園不下雨》等；散文《別後》、《天地一遊人》、《世界的回聲》、《晴天筆記》、《尋找紅氣球》、《玫瑰蕾的名字》、《海枯石》、《威尼斯畫記》、《浮花飛絮張愛玲》、《悲懷書簡》、《加利福尼亞旅店》、《昨日之河》、《半生書緣》等；譯作有《美麗新世界》。

莒哈絲
|
全著作介紹
與
參考書目

莒　哈　絲　著　作

《夏夜十點半》
Dix heures et demie du soir en été
（1960年）

一場暴風雨、一個殺人犯、一對前來度假而被迫留下的夫妻。看莒哈絲細膩地描述各角色對愛情的無助、放任與折磨。

（法文版 伽利瑪出版社／中文版 聯經出版公司）

《塔吉尼亞的小馬》
Les petits chevaux de Tarquinia
（1953年）

描繪著愛情與友情，極貼近莒哈絲生活的作品。

（法文版 伽利瑪出版社）

《厚顏無恥的人》
Les Impudents
（1943年）

莒哈絲的第一本著作，人物性格躍然紙上，組成一個愛恨交織的家庭。

（法文版 布隆出版社／1992年伽利瑪出版社再版）

《廣島之戀》
Hiroshima mon amour
（1960年）

原爆過後的廣島，現實與過往的回憶交纏，道出不同時空的兩段戀情。

（法文版 伽利瑪出版社／中文版 聯經出版公司）

《樹上的歲月》
Des journées entières dans les arbres
（1954年）

莒哈絲短篇小說集。收錄《蟒蛇》（*Le Boa*）、《多丹夫人》（*Madame Dodin*）、《工地》（*Les Chantiers*）。

（法文版 伽利瑪出版社）

《平靜的生活》
La vie tranquille
（1944年）

年輕女子在偏僻的農村中渴求生活、追求愛情，卻又充滿死亡陰霾。

（法文版 伽利瑪出版社）

《安德馬斯先生的下午》
L'après-midi de Monsieur Andesmas
（1962年）

一位被孤獨與等待圍繞的老人，在某日午後回憶往事。

（法文版 伽利瑪出版社）

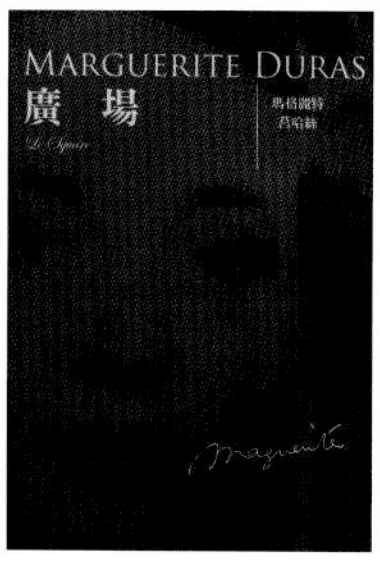

《廣場》
Le Square
（1955年）

在廣場來來去去的人們，偶然相逢之下和對方交換自己的生命故事。一部看似普通卻又不普通的作品。

（法文版 伽利瑪出版社／中文版 聯經出版公司）

《太平洋防波堤》
Un barrage contre le Pacifique
（1950年）

一本對殖民體系控訴、由希望與絕望交錯而成的小說。獲龔古爾文學獎（Prix Goncourt）提名。

（法文版 伽利瑪出版社）

《勞兒之劫》
Le Ravissement de Lol V. Stein
（1964年）

跳脫傳統敘事手法與心理上的常規，莒哈絲透過文字帶給讀者恐懼、迷惘、孤獨、以及最深沉的黑暗──從未婚夫被劫走的那一刻起──開始陷入瘋狂。

（法文版 伽利瑪出版社／中文版 聯經出版公司）

《如歌的中板》
Moderato Cantabile
（1958年）

故事從一樁發生在咖啡館的命案開始，透過對話，帶出女主角希望卻又害怕改變現有生活的複雜情緒。

（法文版 子夜出版社）

《直布羅陀的水手》
Le marin de Gibraltar
（1952年）

一個厭倦現狀的男人，在搭上一位尋找愛人的美女的船後，是人生新的開始？或是另一種結束？

（法文版 伽利瑪出版社）

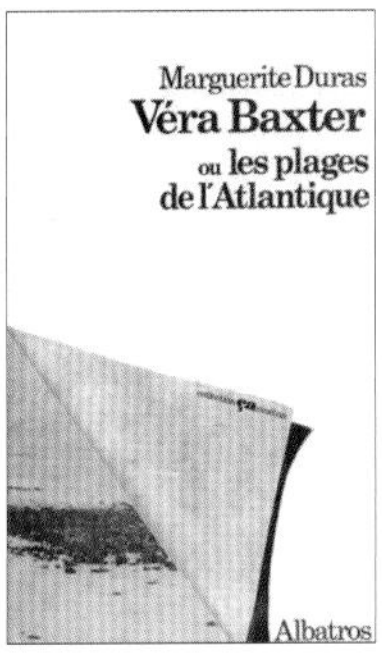

《薇拉．巴克斯泰爾或大西洋海灘》
Véra Baxter ou les plages de l'Atlantique
（1980年）

如何去愛？愛情是否終將帶來絕望？

（法文版 信天翁出版社）

《愛》
L'amour
（1971年）

莒哈絲本人認為可以帶來所有她有可能寫的書：是一本可以帶來一百本書的書。

（法文版 伽利瑪出版社）

《坐在走廊上的男人》
L'Homme Assis dans Le Couloir
（1980年）

莒哈絲作品中，罕見的從偷窺者的視角看向一對男女間的暴力與慾望。

（法文版 子夜出版社）

《印度之歌》
India Song
（1973年）

作者以四個聲音不斷交相敘述，如四重奏般層層堆積出故事真相，成就一曲迷人的印度之歌。

（法文版 伽利瑪出版社／中文版 聯經出版公司）

《副領事》
Le Vice-Consul
（1965年）

沉淪，不斷下沉。所有角色都將自己關在過去，困在祕密之中。

（法文版 伽利瑪出版社／中文版 聯經出版公司）

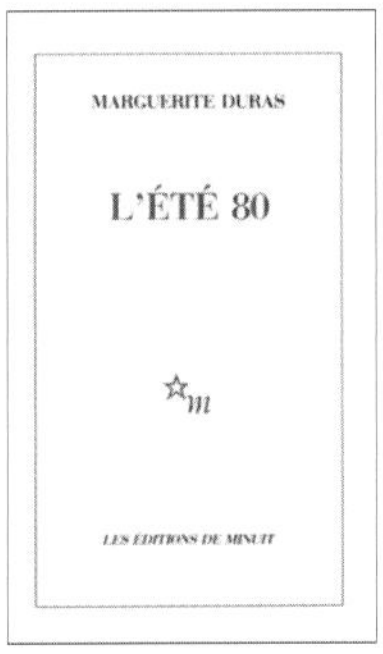

《八〇年夏》
L'Eté 80
（1980年）

收錄十篇莒哈絲於法國解放報《Libération》專欄上所寫的文章。

（法文版 子夜出版社）

《娜塔麗．格朗熱》
Nathalie Granger
（1973年）

性格孤僻，喜愛音樂的小女孩與收音機中不斷傳來的年輕殺人犯的消息，是否打破女孩原本的生活？收錄《恆河女子》（*La Femme du Gange*）。

（法文版 伽利瑪出版社）

《英國情人》
L'amante anglaise
（1967年）

從一樁命案的質詢中抽絲剝繭，道出人生的痛苦與複雜。

（法文版 伽利瑪出版社）

《阿加莎》
Agatha
（1981年）

兄妹亂倫的故事，莒哈絲的愛之禁地。

（法文版 子夜出版社）

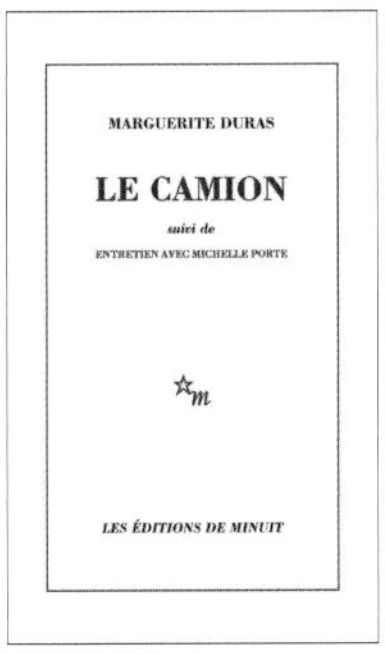

《卡車》
Le Camion
（1977年）

搭便車時，您是否會開口聊天？莒哈絲將一位婦人上車後與司機談話的內容，撰成了思考人生的著作。

（法文版 子夜出版社）

《毀滅吧，她說》
Détruire, dit-elle
（1969年）

由兩男兩女，譜出晦澀的愛情樂章。

（法文版 子夜出版社）

《黑夜號輪船》
Le Navire Night
（1979年）

兩個不相識的人在夜裡透過電話互訴愛情的故事。另收錄《塞扎蕾》（*Cesarée*）、《否決的手》（*Les Mains négatives*）及三篇《奧蕾里婭．斯坦納》（*Aurélia Steiner*）

（法文版 法國水星出版社）

《阿邦、薩芭娜和大衛》
Abahn Sabana David
（1970年）

透過將被處決的猶太人，揭述歷史上迫害及屠殺猶太人的黑暗面。

（法文版 伽利瑪出版社）

莒　哈　絲　著　作

《痛苦》
La douleur
（1985年）

以女人面對戰爭時的恐懼為出發點，詳盡描述從集中營回來的丈夫，如何獲得重生的經過。一部讓人喘不過氣來的書。

（法文版 P.O.L.出版社）

《外面的世界》
Outside
（1981年）

收錄莒哈絲寫過的短文──可能是社會或政治相關文章等等，同時收錄在《法國觀察家》（*France Observateur*）雜誌上發表的第一篇專欄文〈阿爾及利亞人的鮮花〉。

（法文版 阿爾班．米歇爾出版社）

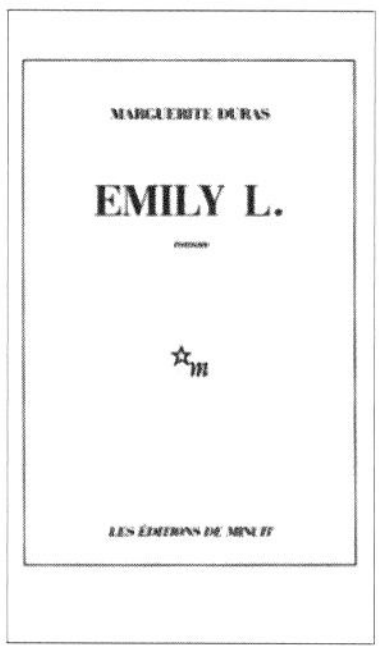

《愛米莉．L》
Emily L.
（1987年）

喜歡寫作、喜歡喝酒，同勞兒一樣令人看了就著迷的女人。

（法文版 子夜出版社）

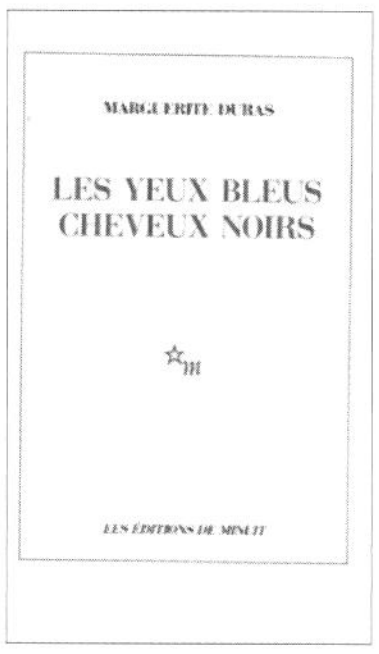

《藍眼睛黑頭髮》
Les Yeux Bleus Cheveux Noirs
（1986年）

何謂愛情？莒哈絲深刻的分析女性的性愛，譜出一曲女性的愛情之歌。

（法文版 子夜出版社）

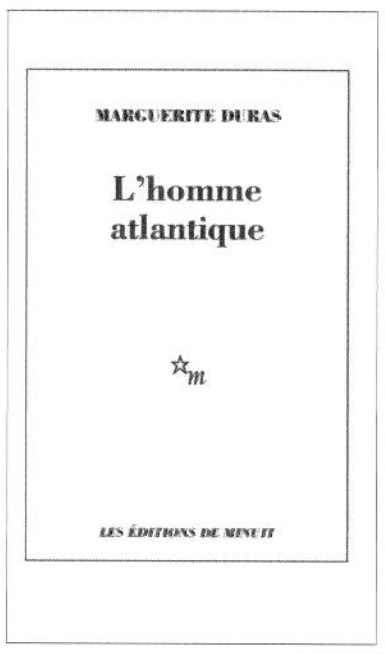

《大西洋人》
L'homme atlantique
（1982年）

三十餘頁的短篇小說。在莒哈絲臨到生命的盡頭時，仍不斷強調此作乃她最重要的小說之一。

（法文版 子夜出版社）

《夏雨》
La pluie d'été
（1990年）

一本混雜各種語言的小說。橫跨莒哈絲清醒與病危昏迷期間所完成的作品。

（法文版 P.O.L.出版社）

《諾曼第海岸的妓女》
La Pute de la Côte normande
（1986年）

短短幾頁的敘述，足夠引領您踏上那片海岸。

（法文版 子夜出版社）

《薩瓦納海灣》
Savannah Bay
（1982年）

如何拯救自我放逐的靈魂？一段由愛引發死亡，再從死亡找回已逝時光的故事。

（法文版 子夜出版社）

《中國北方來的情人》
L'amant de la Chine du Nord
（1991年）

以大量對話重新勾勒出《情人》一書，深刻且不可自拔。

（法文版 子夜出版社／中文版 聯經出版公司）

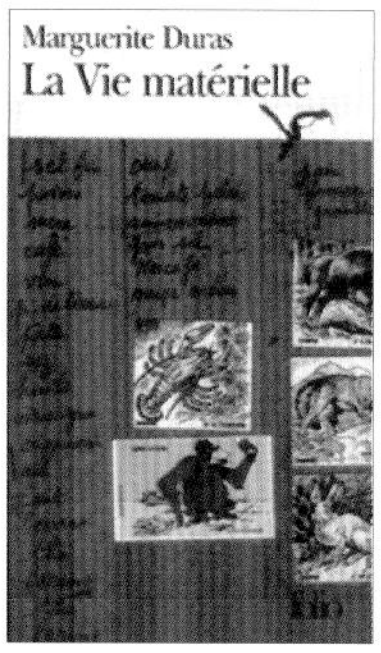

《物質生活》
La Vie matérielle,
（1987年）

一本不是書的書，從和友人傑洛姆（Jérôme Beaujour）談話間濃縮了四十八篇關於莒哈絲人生與思想的短文。

（法文版 P.O.L.出版社）

《死亡的疾病》
La Maladie de la Mort
（1982年）

賣身作愛的女人，花錢請她來的男人──「試愛」。

（法文版 子夜出版社）

《揚．安德烈亞．斯坦納》
Yann Andréa Steiner
（1992年）

揚──莒哈絲晚年時的戀人，本書猶如她對揚的戀人絮語一般，點滴地敘述他的一切。

（法文版 P.O.L.出版社）

《情人》
L'amant
（1984年）

現實與虛構的交錯，真實書寫時間和故事時間穿插並行，莒哈絲以最精簡的文字娓娓道出女孩與戀人的愛情。（本書榮獲1984年龔古爾文學獎Prix Goncourt）。

（法文版 子夜出版社／中文版 允晨文化）

莒哈絲著作

+
《一切結束》
C'est tout
（1995年）

一部與揚的談話錄。在莒哈絲人生最後的一段路中，有揚陪她一同走過。書中談到的是死亡，但她一點兒也不害怕。

（法文版 P.O.L.出版社）

+
《外面的世界二》
Le monde extérieur- Outside 2
（1993年）

同《外面的世界》，本書收錄莒哈絲歷年來寫的隨筆、序言、信件、報刊文章等。

（法文版 阿爾班．米歇爾出版社）

+
《寫作》
Écrire
（1993年）

莒哈絲晚年對於人生與寫作的自白。

（法文版 伽利瑪出版社／中文版 聯經出版公司）

參考書目

+
《懸而未決的激情：莒哈絲論莒哈絲》
La passion suspendue : Entretiens
（1942年）

與樂奧伯狄娜（Leopoldina Pallotta della Torre）的訪談錄。透過一問一答的方式，從文學、電影、戲劇等各細項切入。讓讀者從莒哈絲的口中更加了解莒哈絲。

（法文版 塞伊出版社／中文版 麥田文化）

+
《致莒哈絲：永遠的情人》
Pour Duras
（1995年）

由亞蘭．維康德烈（Alain Vircondelt）蒐集和莒哈絲會晤後的談話內容及其個人研究所成的作品。深入分析莒哈絲創作的過程與她豐富的一生。

（法文版 卡爾曼－萊雅出版社／中文版 允晨文化）

+
《談話者》
Les Parleuses
（1974年）

與克薩維耶爾．高提埃（Xavière Gauthier）的訪談錄。

（法文版 子夜出版社）

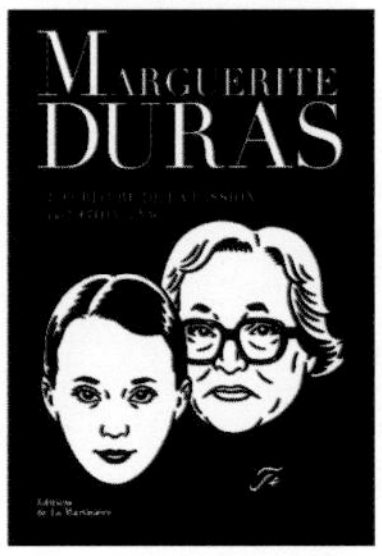

+
《激情的寫作》
L' écriture de la passion
（2013年）

從莒哈絲的童年、住家、情人、作品等各方面一一介紹這位文壇傳奇女作家，書中更有大量珍貴的照片，看盡莒哈絲的花起與花落。

（法文版 馬蒂尼埃出版社）

+
《莒哈絲傳》
Marguerite Duras
（1998年）

由勞爾．阿德萊（Laure Adler）和莒哈絲無數次的見面與訪談撰寫而成，全書除詳細介紹莒哈絲生平外，並有許多和莒哈絲的談話內容及文稿。（本書榮獲1998年法國費米娜獎）

（法文版 伽利瑪出版社／中文版 聯經出版公司）

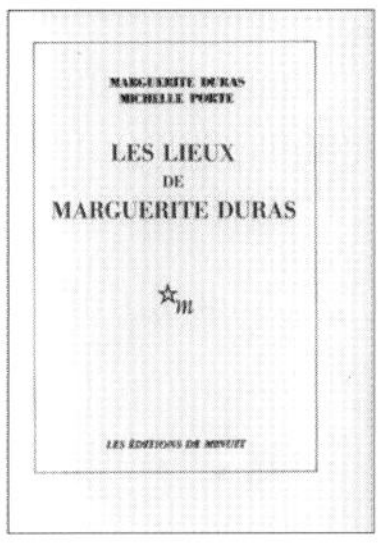

+
《瑪格麗特．莒哈絲的領地》
Les Lieux de Marguerite Duras
（1977年）

與米歇爾．波爾特（Michelle Porte）的訪談錄。

（法文版 子夜出版社）

整理

陳柏蓉

生於台北。畢業於淡江大學法國語文學系碩士班。喜歡文學，在接觸《情人》一書後便深深醉入其文字漩渦之中。

購買聯經出版莒哈絲相關著作，請洽 www.linkingbooks.com.tw

+
《戰爭筆記》
Cahiers de la guerre et autres textes
（2006年）

由莒哈絲手稿編撰而成，記錄了她在印度支那的生活，也記錄著與當時那位中國情人的戀情。

（法文版 伽利瑪出版社）

2014年 聯合文學

瑪格麗特．莒哈絲特刊

2014年8月初版

定價：新臺幣380元

著者	胡晴舫等著
發行人	林載爵

出版者	聯經出版事業股份有限公司
地址	台北市基隆路一段180號4樓
編輯部地址	台北市基隆路一段180號4樓
叢書主編電話	(02)87876242轉203
台北聯經書房	台北市新生南路三段94號
電話	(02)23620308
台中分公司	台中市北區崇德路一段198號
暨門市電話	(04)22312023
台中電子信箱	e-mail：linking2@ms42.hinet.net
郵政劃撥帳戶	第0100559-3號
郵撥電話	(02)23620308
印刷者	鴻霖印刷傳媒股份有限公司
總經銷	聯合發行股份有限公司
發行所	新北市新店區寶橋路235巷6弄6號2樓
電話	(02)29178022

責任編輯	張晶惠
編輯協力	果明珠
	葉佳怡
特約美術	陳瑪聲
美術協力	陳怡絜
廣告	于台纓
	周玉卿
	周蘇生

行政院新聞局出版事業登記證局版臺業字第0130號

本書如有缺頁，破損，倒裝請寄回台北聯經書房更換。 ISBN 978-957-08-4412-2 (平裝)
聯經網址： www.linkingbooks.com.tw
電子信箱：linking@udngroup.com

國家圖書館出版品預行編目資料

2014年瑪格麗特．莒哈絲特刊／胡晴舫等著．
初版．臺北市．聯經．2014年8月（民103年）．128面．
21×28.5公分
ISBN 978-957-08-4412-2（平裝）

1. 莒哈絲（Duras, Masguerite, 1914-1996）
2. 文學評論 3. 影評

876.4 103010521